Rick

Acht Pfeifen an Bord
und kein Land in Sicht

© privat

Antje Szillat begann bereits mit acht Jahren Geschichten zu schreiben. Heute ist sie erfolgreiche Autorin für Kinder- und Jugendbücher. Sie lebt mit ihrem Mann, vier Kindern, diversen Pferden, Hunden, Goldfischen und vielen Büchern in der Nähe von Hannover.

Antje Szillat

Rick²

Acht Pfeifen an Bord und kein Land in Sicht

Mit Comics von Kim Schmidt

CARLSEN

FSC
www.fsc.org
MIX
Papier aus verantwortungsvollen Quellen
FSC® C014496

Veröffentlicht im Carlsen Verlag
Juni 2015
Mit freundlicher Genehmigung des Coppenrath Verlages

Umschlaggestaltung: formlabor unter Verwendung des Entwurfs von init, Büro für Gestaltung
Corporate Design Taschenbuch: bell étage
Druck und Bindung: GGP Media GmbH, Pößneck
ISBN 978-3-551-31344-7
Printed in Germany

Rick 2

1

Puh, das war knapp!

Beinah wäre ich klebengeblieben, so wie es mir die fiese Püttelmeyer prophezeit hatte. Doch in allerletzter Sekunde hab ich noch mal die Kurve gekriegt. Rasiermesserklingenscharf an der Ehrenrunde vorbei.

Elias aus meiner Klasse hatte allerdings weniger Glück. Das war wohl auch der Grund, warum er jetzt ziemlich angefressen aus der Wäsche glotzte. Aber deshalb gleich mit Beleidigter-Leberwurst-Stimme »Streber!« zu mir zu sagen, war echt daneben.

»Danke, Elias. Dir auch schöne Ferien«, knurrte ich ihn an, zeigte ihm mein berüchtigtes, lautloses, zahnpastaweißes Extremgrinsen und zog ab.

Auf der anderen Seite des Schulhofs hatte sich meine Familie im Halbkreis aufgebaut. Sie stierten mir entgegen wie Kühe, die sich aufs Melken freuen.

»Ich bin mächtig stolz auf dich, Rick!« Wutz fuhr sich durch die Haare, sodass sie ihm wie elektrisiert vom Kopf abstanden.

Mary drückte mir einen feuchten Schmatzkuss auf die linke Wange und tätschelte gleichzeitig meine rechte. »Ich auch, mein Großer. Hat sich das ganze Pauken am Ende doch gelohnt.«

Dann war Pa an der Reihe. Er sah aus, als ob er jeden Augenblick zu einer phänomenalen Lobrede auf seinen einzigen Sohn ansetzen würde, dem tatsächlich das Unfassbare gelungen war, in die siebte Klasse versetzt zu werden. Mit feierlicher Miene schaute er in die Runde. Gerade als ich dachte: Ey, jetzt mach mal endlich hinne!, wurde sein Blick plötzlich fragend.

»Wo ist Finn?«

»Ja, wo ist eigentlich Finn?«, wunderte sich nun auch Linda … und sah mich an.

Ich hob die Schultern. »Null Plan!«

Warum sollte ich bitte schön wissen, wo Finn steckte? Nur weil ich ihn seit der Nacht im Museum nicht mehr ganz so bekloppt fand, war ich doch nicht automatisch zu seinem Babysitter geworden. Waffenstillstand: okay. Freunde: never!

Leider wollten Pa und Linda das einfach nicht checken. Aber bevor ich es den beiden noch einmal ausführlich erklären konnte, kam das Monster in Gestalt meiner Klassenlehrerin auf uns zugerollt und streckte die schwabbeligen Arme nach Linda aus.

»Ich werde dich schrecklich vermissen, Lindalein«, säuselte die Püttelmeyer.

Höchste Zeit mich vom Acker zu machen, entschied ich und wandte mich um.

»Ich geh mal Finn suchen.« Während ich mich durch die Schülermassen Richtung Aula schlängelte, wurde mir klar, dass ich jetzt zum allerletzten Mal als Sechstklässler über den Schulhof lief.

Gerade als ich die breite Glastür erreicht hatte, öffnete sie sich wie von Geisterhand und Nelly stand vor mir.

»Rick, wo willst du denn hin?«

Ich starrte sie verblüfft an. »Nelly, wo kommst du denn her?«

Nelly verzog ihren Mund zu einem schiefen Grinsen und strich sich eine widerspenstige rote Locke aus dem Gesicht.

»Ich hatte was im Klassenzimmer vergessen. Und du? Kannst dich wohl nicht von der Schule trennen, was?«, kicherte sie.

Ich kratzte mich am Hinterkopf. Und mit einem Mal – keine Ahnung, warum – machte es in meinem Kopf laut *KAWUUUMMMMS!* und schon lief ein Spielfilm vor meinem inneren Auge ab – ein schnulziger Liebesfilm mit Nelly und mir (!) in den Hauptrollen. Wir düsten in voller Eishockeymontur übers Eis, kämpften um den Puck, schenkten uns nichts. Ich war vor Nelly im Strafraum, doch wenige Millimeter vorm Tor pflückte sie mir den Puck vom Schläger und versenkte ihn mit einem außerirdisch lauten *Ziiisch* im Netz. Triumphierend riss sie die Arme hoch und strahlte mich durch die Gitterstäbe ihres Helms an.

Und urplötzlich schnallte ich etwas: Nelly war ein Mädchen! Also nicht, dass ich das nicht schon vorher gewusst hätte. Aber mir war nie zuvor aufgefallen, dass meine *Young-Indians*-Mannschaftskameradin nicht nur extrem cool, sondern dazu auch noch richtig … ähm … na ja, wie soll ich es sagen … *hübsch* war. Und diese unglaubliche Tatsache traf mich nun ohne Vorwarnung wie ein Tausend-Volt-Stromschlag.

»Hey, Rick, was ist los? Warum guckst du so komisch?« Nelly verpasste mir einen Knuff gegen den Oberarm.

Ich war wie paralysiert. Stand einfach nur da und starrte Nelly wie der absolute Volldepp an. Und während die Stimme in meinem Kopf mir verzweifelt »Nun sag doch was!« zurief, begannen meine Hände unkontrolliert zu zittern.

»Geht es dir nicht gut?«

Ich gab einen seltsam röchelnden Laut von mir, von dem ich mir erhofft hatte, dass er sich wie *Alles paletti* anhören würde.

»Was hast du denn? Fällt dir der Abschied so schwer, dass es dir die Sprache verschlagen hat?« Nelly fuchtelte mit beiden Armen vor meinem Gesicht herum. »Erde an Rick, bitte aufwachen!«, rief sie.

Was sollte ich machen? Mein Hirn war völlig leer gefegt. Schweißperlen traten auf meine Stirn.

»Rick Michalski, jetzt hör mir mal zu!«, versuchte die Stimme in meinem Kopf mich wieder unter Kontrolle zu bringen. »Du bleibst jetzt ganz cool. Reiß dich zusammen! Sag einfach irgendwas, das dir gerade in den Sinn kommt. Ganz egal, was! Peinlicher als dieses Schweigen kann es nicht sein!«

Ich machte zweimal hintereinander »Grumpf!« oder so etwas Ähnliches. Dann wurde mir abwechselnd heiß und kalt und meine Unterlippe litt plötzlich unter undefinierbaren Zuckungen.

Nelly kam hammermäßig dicht an mich heran. Ich spürte ihren warmen Atem und roch ihren Erdbeerkaugummiduft.

»Jetzt weiß ich es«, sagte sie und umfasste mit ihren samtweichen Händen mein Gesicht. »Du kannst dein Glück kaum fassen, dass du nicht sitzengeblieben bist.«

Verdattert schaute ich Nelly an. Seit wann hatte sie denn bernsteinfarbene Augen? Das war ganz genau das, was mir durch den Kopf ging. Mein Herz donnerte so laut gegen die Rippen, dass es bestimmt noch in Honolulu zu hören war.

Nelly grinste. »Ich kann dein Herz kloppen hören.«

»Kann gar nicht sein«, krächzte ich, erleichtert endlich meine Stimme wiedergefunden zu haben.

»Doch, ich höre es ganz deutlich.«

Das war zu viel für mich. Nichts wie weg, dachte ich und ergriff die Flucht. Über den langen Gang, die Treppe hinauf in die erste Etage, direkt auf den Flur zu, der zu unserem Klassenzimmer führte. Obwohl mir klar war, dass ich mich gerade total idiotisch benahm, gab ich noch einmal ordentlich Gas ...

Und krachte im nächsten Moment volle Kanne gegen die Glastür.

Schepper!

Ich war total verwirrt und checkte nicht, dass die Tür abgeschlossen war, sondern versuchte es gleich noch einmal.

Klirr!

Voll mit dem Kopf dagegen. Der Rückschlag war gewaltig. Ich taumelte leicht. In meinem Schädel explodierte irgendetwas.

Chinakracher.

Feuerwerkskörper.

Bestimmt fand gerade das Jahrestreffen der Pyrotechniker in meiner Birne statt.

»Rick?«

Das war wieder Nelly. Wieso um alles in der Welt lief sie mir hinterher? Und warum bitte schön hörte sich ihre Stimme so besorgt an?

»Rick, ist alles in Ordnung mit dir?«

»Ja«, grunzte ich.

»Hast du dir wehgetan?«

»Nein.«

»Hast du nicht gemerkt, dass die Tür schon verschlossen ist?«

»Nein.«

Dann drehte ich mich langsam um und blickte direkt in Nellys untertassengroße Augen.

»Du … du blutest ja.«

Unsinn. Ich blutete doch nicht. Warum auch? Ich war ja gar nicht gegen die Tür gelaufen. Kein bisschen. Das bildete ich mir alles bloß ein. Und jetzt sagte ich auch nicht, dass ich Nelly total hübsch fand, und ganz bestimmt kullerten mir keine oberpeinlichen Tränen über die Wangen, weil der Schmerz sie mir in die Augen getrieben hatte. Das war nur ein schrecklicher Albtraum. Ich musste einfach aufwachen, dann war alles vorbei.

Nelly streckte die Hand nach mir aus. »Rick, so etwas Schönes hat noch nie jemand zu mir gesagt.« Sie tupfte mir mit dem Zeigefinger eine Träne von der Wange.

Alles nur ein Traum, alles nur ein Traum, sagte ich mir.

Klar war es das, denn Männer (dazu zählen auch fast zwölfjährige Jungs) weinen nicht. Und bestimmt keine Eishockeystürmer. Und garantiert nicht vor den Augen eines Mädchens.

Mit letzter Kraft rappelte ich mich auf und rannte los. Diesmal Richtung Ausgang.

Unten in der Aula wurde ich direkt von zwei parfümierten Armen in Empfang genommen. Den Duft kannte ich. So roch nur Mary.

»Rick, wo bleibst du denn?«, fragte sie mit ungewöhnlich schriller Stimme. »Wir haben Finn gefunden und ... Auweia, was ist denn mit dir passiert? Du blutest ja!«

Ich öffnete den Mund, brachte aber schon wieder keinen Ton heraus. Weil da nämlich rein gar nichts mehr war.

Alles weg!

Sämtliche Buchstaben waren verschwunden.

Abgehauen. Untergetaucht. Geflohen.

Mary starrte mich an, als ob mir ein zweiter Kopf gewachsen wäre.

»Das sieht übel aus«, hörte ich Finn sagen.

Ich runzelte die Stirn. Stand er schon lange neben mir? Hatte ich gar nicht gemerkt.

Mir wurde wieder kalt. Eiskalt. Überall. Nur nicht im Kopf. Da kochte es, blubberte, sprudelte und brodelte. Mein Herz war kurzerhand direkt aus meiner Brust zu den Pyrotechnikern ins Hirn gehüpft und nun feierten alle zusammen eine wilde Party.

»Rick, jetzt sag doch endlich was!« Das war wieder Mary, und diesmal klang sie nicht nur besorgt, sondern irgendwie auch ärgerlich.

»Mir ist schlecht«, stieß ich hervor. Da legte Mary mir die Arme um die Schultern und führte mich aus der Aula.

Hinter mir hörte ich, wie Nelly und Finn miteinander sprachen. Ich wollte verstehen, was sie sagten, doch Mary zog mich unerbittlich mit sich. Ihre Arme waren Schraubstöcke, die sich fest um mich gelegt hatten und keinen Widerstand duldeten.

Vielleicht war das auch ganz gut so, denn ich war sowieso völlig plemplem – und hatte noch immer null Plan, warum eigentlich.

Ähm ... aber *ihr* habt noch Plan, oder? Ihr wisst noch, wer ich bin, nicht wahr?

Rick Michalski, der unerschrockene Eishockeystürmer der Hannover *Young Indians*. Der Blutsbruder von Chrissy, der jetzt leider in Stuttgart wohnt. Der Enkel von Mary, der verrücktesten Oma der Welt. Der Ziehsohn von Wutz, dem lässigsten Geheimagenten der ganzen Polizei und Herrchen des verfressensten Katers aller Zeiten. Der Sohn von Pa, der eigentlich voll okay ist, aber im Moment leider nicht zurechnungsfähig, weil er sich im totalen Liebesrausch befindet. Und das, weil er sich ausgerechnet in meine Kunstlehrerin Linda verknallen musste. Und ehrlich, Leute, ich weiß noch immer nicht, ob ihr Sohn Finn nun okay ist oder ein blassbackiger Vollpfosten.

Doch das ist eine ganz andere Sache. Außerdem habe ich jetzt genug von früher erzählt. Mary sagt auch immer, man soll der Vergangenheit nicht hinterhertrauern, auch wenn sie noch so schön war.

Ich muss der Tatsache leider ins Auge blicken: Die coolen Männer-WG-Zeiten sind endgültig vorbei!

Und noch etwas ist anders: Nach den Sommerferien bin ich endlich die fiese Püttelmeyer los. Und das ist so ziemlich das Beste, was mir passieren kann.

So, nun solltet ihr wirklich wieder voll den Durchblick haben und die Geschichte kann endlich weitergehen – und zwar ganz genau hier!

2

RICK! BIST DU VERLETZT?
SAG DOCH WAS!
N... NELLY... BIST DU'S?
NELLY? WELCHE NELLY?

Pa, Linda und Wutz warteten auf dem Schulhof bereits ungeduldig auf uns. Wutz starrte auf seine Uhr, als ob er sie hypnotisieren wollte, während Pa von einem Fuß auf den anderen trat.

Linda kam sofort auf uns zugestürmt.

»Oh Gott, Rick, was ist denn passiert?«

Oh Gott, Linda, keine Ahnung!, wollte ich am liebsten schreien und sie wegschubsen. Aber: Stimme weg und Arme im Schraubstockgriff.

»Hast du dich geprügelt?«, fragte Pa misstrauisch.

Ich schüttelte den Kopf.

Na immerhin, das klappt noch, dachte ich ein klein bisschen erleichtert.

»Rick ist gestolpert und gegen die Glastür gefallen!«, rief Finn hinter mir. »Es ist aber nichts Schlimmes passiert. Das Sicherheitsglas der Tür hat gehalten.«

Linda tupfte mir mit einem weißen Tuch, das sie aus ihrer Handtasche hervorgezaubert hatte, das Blut ab.

»Es ist nur ein kleiner Kratzer. Vielleicht bekommst du eine Beule.«

Wieder kramte sie in ihrer Handtasche herum. »Hier, halt dir das eine Weile dagegen«, sagte sie und reichte mir ein blaues Kühlpad.

»Du hast ein Kühlpad in deiner Handtasche, Schatzi? An was du alles denkst. Du bist einfach unglaublich«, himmelte mein Vater sie an, anstatt sich endlich mal Sorgen um seinen Sohn zu machen.

Linda winkte bescheiden ab. »Na ja, wer Kinder hat, der muss immer auf alles vorbereitet sein. Ich ärgere mich nur, dass ich meine homöopathischen Notfalltropfen nicht dabeihabe.«

Hatte ich das gerade richtig verstanden? Homöopathische Notfalltropfen? Lächerlich! Bisher hatte ich noch jede Verletzung überlebt.

Doch als ich im nächsten Moment Nelly auf mich zukommen sah, war ich mir nicht mehr so sicher, ob ich das alles so locker wegstecken würde.

Wie sollte ich jemals wieder in der Lage sein ihr gegenüberzutreten, ohne auf der Stelle vor Scham zu verbrennen? Und warum benahm ich mich so selten dämlich, so oberaffenpeinlich, so blöd und bekloppt? Warum starrte mich Finn so komisch von der Seite an? Warum wollte ich am liebsten schon wieder wegrennen? Und warum kribbelte es überall?

»Können wir jetzt endlich los? Mein Magen hängt schon auf halbmast«, holte mich Wutz' Stimme mitten aus dem wildesten Warum-Chaos.

»Gute Idee«, stimmte Mary zu und entließ mich aus ihrer Schraubstockumklammerung.

»Ach, da kommt ja Nelly«, stellte mein Vater überflüssigerweise fest. »Möchtest du dich noch von ihr verabschieden, Rick?«

Innerlich schrie ich: Bist du bescheuert? Natürlich nicht!

Aber äußerlich schüttelte ich nur den Kopf und schwankte in Richtung Parkplatz.

Im Auto wurden wir von Marys französischer Bulldogge Helena empfangen, die sich vor Freude wie bekloppt im Kreis drehte und dabei heiser kläffte.

»Schneckchen, nicht doch«, versuchte Mary sie zu beruhigen. Aufregung war nämlich Gift für Helenas überzüchtetes Bulldoggenherz. Viele Menschen auf einem Haufen auch. Deshalb war sie für die Zeugnisvergabe in Pas Kofferraum geblieben.

Aber natürlich beruhigte sich Helena nicht. Und schon gar nicht, als Wutz sie durch die Scheibe anbellte und Mary daraufhin loskeifte, dass sie ihm gleich eine klatschen würde, wenn er so etwas noch einmal machte.

Wutz lachte sein Reibeisenlachen und Mary hob Helena ächzend aus dem Kofferraum.

»Ich gehe zu Fuß ins Mikado«, verkündete sie und warf Wutz einen bitterbösen Blick zu.

»Ach, Mary«, versuchte der einzulenken. »Ich habe doch nur ein Späßchen gemacht.«

Aber Mary war nicht mehr umzustimmen. »Dann mach deine doofen Späßchen gefälligst mit der Parkuhr und nicht mit mir und Helena.«

»Parkuhren gibt es hier nicht mehr. Parkscheinautomaten heißen die jetzt«, erklärte Finn mit seiner typischen Besserwisserstimme.

Linda verpasste ihm einen Stoß in die Seite, Pa verdrehte die Augen und Wutz entfuhr ein unheilvolles »Oh-oh«.

Mary schaute kurz und ziemlich finster in Finns Richtung. Dann marschierte sie mit Helena an der Leine davon.

Wir starrten ihr nach, bis sie hinter der nächsten Hausecke verschwunden war.

»Meine Güte, Finn, musste das sein?« Linda schüttelte vorwurfsvoll den Kopf.

»Was denn?« Er hob unschuldig die Schultern. »Ich habe nur darauf hingewiesen, dass es hier keine Parkuhren mehr gibt.«

»Linda-Schatz, lass gut sein. Finn hat keine Schuld an Marys schlechter Laune.«

Linda nickte langsam. »Vielleicht sollte ich mit Mary mal einen Bachblütenspaziergang bei meiner Freundin Angelika machen?«, überlegte sie laut.

»Bachblütenspaziergang?«, prustete Wutz los. »Was ist das denn schon wieder für ein Schwachsinn?«

»Das war ja klar, dass du für so etwas kein Verständnis hast«, regte sich Linda prompt auf.

Ich blickte von Linda zu Wutz und von Wutz zu Linda. Beide hatten ihren Das-diskutieren-wir-auf-der-Stelle-aus-Blick.

Ich seufzte. Das konnte dauern. Also beschloss ich mich ebenfalls zu Fuß auf den Weg ins Restaurant zu machen – das Mikado befand sich im Kellergeschoss des alten Rathauses und war nicht allzu weit von meiner Schule entfernt.

»Ich geh schon mal vor«, murmelte ich in Pas Richtung. Doch der war voll und ganz damit beschäftigt, kummervoll zwischen Wutz und Linda hin- und herzuschauen und beruhigend auf beide einzureden.

Ich zuckte gleichgültig mit den Schultern, warf meine Tasche ins Auto und machte mich aus dem Staub.

Kaum hatte ich mich ein paar Meter entfernt, hörte ich Finn neben mir keuchen: »Renn doch nicht so!«

»Was willst du?«, maulte ich ihn an, ohne mein Tempo zu verringern.

»Ähm …« Finn legte den Zeigefinger oberklug an sein Kinn. »Mal überlegen … ach ja, jetzt fällt es mir wieder ein. Ich möchte genau wie du zum Mittagessen ins Mikado.«

Ich ersparte mir einen giftigen Kommentar und gab stattdessen ein genervtes Stöhnen von mir. Dann starrte ich wieder nach vorn und legte noch einen Zacken zu. Finn blieb mit seinen schnellen Trippelschritten den ganzen Weg über an meiner Seite.

Kurz vorm Mikado wagte er tatsächlich noch mich furztrocken zu fragen: »Sag mal, Rick, warum bist du eigentlich vorhin gegen die Glastür gerannt?«

Mist!

»Blödsinn! Bin ich gar nicht!«, gab ich zurück.

»Da hat Nelly mir aber was ganz anderes erzählt«, erwiderte er skeptisch.

Wumms!

Verdammter Vogelschiss, was war bloß los mit mir? Ich brauchte nur den Namen Nelly zu hören, schon fühlte sich mein Magen an, als ob ich einen Sumoringer verschluckt hätte.

»Rick? Was ist los mit dir? Hat es dir die Sprache verschlagen?«

Ich überlegte kurz – zu kurz für eine so schwierige Frage. Das ist jedenfalls die einzige Erklärung dafür, warum ich mich im nächsten Moment mit Vollmemmenstimme erkundigte: »Und was hat Nelly sonst noch so über mich gesagt?«

Finn blieb abrupt stehen und blickte mich mit hochgezogenen Augenbrauen an.

Ich spürte, wie mir das Blut ins Gesicht schoss, bis ich glühte wie ein Pavianarsch. Irgendwann konnte ich Finns Blick nicht mehr standhalten. Seufzend ließ ich den Kopf hängen und starrte auf die Spitzen meiner neuen Turnschuhe.

»Das sind doch die Mercurial Vapor VI FG, oder? Ich wusste gar nicht, dass es die auch ohne Stollen gibt.«

»Hä?« Ich hob langsam den Kopf.

»Deine Schuhe«, erklärte Finn. »Ich habe gedacht, die gibt es nur als reine Fußballschuhe mit Stollen.«

Ich verzog spöttisch den Mund. »Seit wann interessierst du dich denn für Sportschuhe?«

Finn kratzte sich umständlich am Hinterkopf und lächelte scheinheilig. »Seit wann interessierst du dich denn für Mädchen?«

Wieder wuuums! Aber diesmal ein Schepper-Kracher-Wuuums! Der Sumoringer schwoll augenblicklich auf Fettester-Mann-aller-Zeiten-Größe an, zerquetschte mir den Magen und drückte mir die Luft ab.

»Tue ich gar nicht!«, fiepste ich. Dann schoss ich wie ein geölter Blitz davon, riss die schwere Holztür zum alten

Rathaus auf und stürmte, immer zwei Stufen auf einmal nehmend, die Treppe hinunter.

Ein deftig süßlicher Duftmix aus fernöstlichen Köstlichkeiten schlug mir entgegen. Zu jeder anderen Zeit hätte mein Magen darauf mit lautem Knurren reagiert. Doch jetzt tat sich nichts. Wie auch? War ja ein tonnenschwerer Schwabbel drin.

Ich schaute mich hektisch um und entdeckte Mary ganz hinten auf der Empore an einem großen runden Tisch. Ich stürmte durch den Gewölbekeller und rannte dabei fast eine piekfeine Schnepfe am Buffet um, die sich das Essen auf ihrem Teller zu einer beängstigenden Höhe aufgetürmt hatte.

»Hast du keine Augen im Kopf?!«, regte sie sich auf.

»Doch, sogar zwei Stück«, murmelte ich geistesabwesend, weil meine Gedanken noch immer um Finns abartige Behauptung schwirrten, ich sei an Nelly *interessiert*. Was für ein hirnverdrehter Vollidiotenschwachsinn!

Keuchend, als ob ich gerade einen vierstündigen Marathonlauf hinter mich gebracht hätte, ließ ich mich Mary gegenüber auf den Stuhl plumpsen.

»Warum bist du denn so außer Atem, Rick?«, fragte sie verwundert.

Hilfe! Konnten mich nicht einfach alle in Ruhe lassen?

»Ich hab Hunger«, log ich, sprang direkt wieder auf und hechtete zum Buffet. Ich schnappte mir einen Teller und legte ordentlich was drauf. Wahllos. Hauptsache, ich hatte was zu tun.

Aus dem Augenwinkel sah ich, wie Finn an mir vorbeiging, und musste mich zusammenreißen, damit ich ihm nicht noch eine scheuerte.

Als beim besten Willen nichts mehr auf meinen Teller passen wollte, marschierte ich schließlich zum Tisch zurück.

Inzwischen waren auch Wutz, Pa und Linda eingetroffen und blickten mir vom Tisch entgegen.

»Sag mal, Rick«, maulte mein Pa mich an. »Konntest du nicht warten, bis wir alle da sind, bevor du gleich das Buffet plünderst?!«

»Ich hab tierisch Kohldampf«, murrte ich. »Ihr habt doch auch schon Getränke bestellt.«

Pa schüttelte den Kopf, verkniff sich aber einen weiteren Kommentar.

»Na ja, dann hole ich mir auch mal was«, sagte Wutz und stand auf.

Mary hielt ihn zurück. »Warte bitte! Ich möchte noch etwas mit euch besprechen.«

Wutz ließ sich wieder auf den Stuhl sinken. »Dann schieß mal los!«

Mary holte tief Luft, legte die Fingerspitzen aneinander und schaute schweigend von einem zum anderen, bevor sie mit belegter Stimme verkündete: »Helena und ich sind ab morgen obdachlos.«

Pa verschluckte sich an seiner Weinschorle und spuckte sie ins Glas zurück. Linda hörte auf an ihrem Möhrensaft zu nippen. Und Wutz sah Mary gespannt an. Sein Blick schwankte zwischen Panik und absoluter Fassungslosigkeit.

»Obdachlos?«, fragte ich. »Müsst ihr dann unter Brücken oder auf Bahnhofsbänken pennen?«

Pa bedachte mich mit einem scharfen Seitenblick und setzte zur Krönung noch ein gezischtes »*Richard*, rede nicht so einen Unsinn!« drauf.

Mary schien mir meine Frage aber nicht übel zu nehmen. »Ich hoffe doch, dass es nicht so weit kommen wird«, erklärte sie schmunzelnd.

»Natürlich nicht!«, rief Linda dazwischen und schüttelte wie irre den Kopf. »Wir finden schon eine Lösung.«

»Was ist denn eigentlich passiert?«, wollte Pa wissen. »Warum hast du uns nicht längst etwas von deinen finanziellen Problemen gesagt? Wir hätten dir doch aushelfen können.«

Mary guckte beleidigt und schob ihre Brille zurecht. »Finanzielle Probleme? Spinnst du?! Wie kommst du bloß auf so einen Quatsch?«

»Na ja«, druckste Pa herum. »Dieses Führerscheintheater hat dich bestimmt ein Vermögen gekostet, da …«

»Unsinn!«, blaffte Mary ihn an. »Bei mir müssen die Rohre erneuert werden.«

»Die Rohre?«, rief ich und grinste.

Mary nickte. »Jawohl! Und die Leitungen auch.«

»Ach so«, atmete Pa erleichtert auf. »Deine Wohnung wird renoviert. Jetzt kapiere ich es.« Er schlug sich mit der flachen Hand vor die Stirn. »Aber deswegen bist du doch nicht obdachlos. Der Vermieter wird dir bestimmt für die Zeit eine Alternative anbieten können, oder?«

Wutz nickte zufrieden in die Runde. »Na, dann wäre das ja geklärt«, meinte er und stand erneut auf.

»Dafür ist es zu kurzfristig. Ich muss noch heute aus der Wohnung raus. Es hat einen Wasserrohrbruch nebenan bei Lotte gegeben. Und ich bin eigentlich davon ausgegangen, dass Helena und ich solange zu euch in die WG ziehen können. Platz genug habt ihr ja.«

Geschockte Stille. Wutz ließ sich schwerfällig auf den Stuhl zurückplumpsen.

Plötzlich lachte Pa los. »Typisch Mary, immer ein Späßchen auf Lager.«

Mary hüstelte. »Kein Späßchen, Philipp.«

»Keins?«, murmelte Wutz. »Dein voller Ernst?«

Mary nickte.

Ich lehnte mich zufrieden zurück. Endlich würde mal wieder etwas Stimmung in die WG kommen. Seitdem Pa ständig bei Trulla-Linda rumhing, war es nämlich ziemlich langweilig geworden. Und bestimmt würde Mary dann jeden Tag Kartoffelpuffer braten und …

»Das ist doch klasse!«, brach es mit einem Mal aus Linda heraus. »Einfach wunderwunderbar. Philipp und ich haben nämlich beschlossen, dass Finn und ich über die Sommerferien in die WG einziehen. Dann sind wir alle zusammen. Sechs Wochen lang. Das wird bestimmt total schön.«

Ich setzte mich kerzengerade hin und schaute Linda entsetzt an.

Offensichtlich drehte sie jetzt völlig durch. Sonst würde sie bestimmt nicht so einen Schwachsinn von sich geben.

»Das darf nicht wahr sein, Susi Sonnenschein«, krächzte Wutz, ließ den Kopf auf die Tischplatte sinken und gab weinerliche Geräusche von sich.

Und ich?

Ich blickte einfach nur weiter meschugge hin und her und betete, dass Linda gleich grinsend »Das war ein Scherz!« rufen würde.

Aber nichts dergleichen geschah.

3

DING DONG
MIAOOOOW
GRRRR
HELENA! FUSS!
GRRRR! WAU! WAU!
Hi!
BÄRCHEN! ICH BIN'S!
MIAOUUU! WAU! WAU!
GRRRR
HELENA! HIERHER!
GISMO, PASS AUF!
BÄRCHEN!
SCHATZI!
KLIRR!
NA DANN, SCHÖNE FERIEN!

Ich konnte es echt nicht fassen. Das war so demütigend! So ungerecht! So … ach, am liebsten hätte ich geflennt wie ein vollgekacktes Windelbaby.

Mein Vater war absolut nicht davon abzubringen, dass Finn die ganzen elend langen Sommerferien in meinem Zimmer wohnen sollte.

»Der Raum ist viel zu klein für zwei«, wehrte ich mich verzweifelt. »Und wo soll er denn überhaupt pennen?«

Pa runzelte die Stirn. »Unsinn. Hier ist Platz genug und zum Schlafen legen wir einfach eine Matratze rein.«

In mir zitterte alles vor Zorn, doch Pa lächelte mich nur väterlich an.

»Aber das ist voll fies, weil …«

Weiter kam ich nicht, denn es klingelte an der Wohnungstür und Pa zog einfach ab, um aufzumachen.

Zum Glück waren es Mary und Helena und nicht Pas Linda-Schatzi samt Knalltütensohn. Doch nicht alles, was gut für mich war, war auch gut für Wutz und Gismo.

»Wie soll das funktionieren?« Wutz starrte Mary und Helena verzweifelt an und drückte sich seinen übergewichtigen Kater fest an die Brust.

»Ach, Wutz«, winkte Mary ab. »Es sind nur drei Wochen. Höchstens vier. Das wird schon.«

Wutz schluckte schwer. »Helena wird Gismo *töten* …«

»Blödsinn. Jetzt übertreibst du aber«, fand auch Pa.

Mary lächelte Pa engelsgleich an. »Erklärst du es ihm bitte, Philipp?«

»Was soll er mir erklären?«, fragte Wutz alarmiert.

Pa zierte sich ein bisschen, doch als Mary ihm einen sanften Stoß gegen den Oberarm verpasste, brach es schließlich aus ihm heraus: »Linda meint, das Ganze wäre super gegen deine Phobie.«

»Meine Phobie?«, plapperte Wutz ihm verblüfft nach.

»Na ja, wegen deiner krankhaften Angst vor Hunden ...«

»WAS?« In Wutz' Gesicht entgleiste ein ICE. »Ich soll Angst vor Hunden haben? Deine Susi Sonnenschein hat doch echt den Schuss nicht gehört!«

Damit wandte er sich um und rauschte davon.

Keine halbe Stunde später standen Linda und Finn in unserem Billardzimmer – und mit ihnen drei Trolleys, eine riesige Sporttasche, eine Gitarre und ein Violinenkoffer!

»Die Violine kommt auf keinen Fall in mein Zimmer!«, hatte ich gerade entschieden, als mich ein lautes Fauchen herumfahren ließ. Helena schoss mit schlackernden Ohren und nach Luft japsend quer durch den Raum – verfolgt von Gismo, dem Rächer aller übergewichtigen Kater.

»Helena, Schnuckelchen, bleib stehen!«, rief Mary verzweifelt und sprintete auf ihren pfeildünnen Absätzen hinter den beiden her. »Wenn du nicht sofort deinen gestörten Kater einfängst, dann verpass ich ihm eins mit dem Nudelholz«, keifte sie dem kalkweißen Wutz mit Giftstimme zu.

Im nächsten Moment brachte ein grausiges Kreischen sämtliches Geschirr in der Wohnung zum Klirren und dann setzte Helena auch schon mit panisch verzogenem

Bulldoggengesicht zum Sprung an – vom Ledersofa einmal quer durch den Raum, direkt in Wutz' Arme.

»Unglaublich«, stieß Linda hervor.

»Alter Falter«, entfuhr es mir. Neben mir hörte ich ein Glucksen. Nicht besonders laut. Aber es war eindeutig ein Glucksen. Und es kam von Finn.

Ganz langsam, wie in Ultrazeitlupe, ging Wutz mit der zitternden Helena auf dem Arm in die Knie.

Darauf hatte der anscheinend tollwütig gewordene Gismo nur gewartet und setzte nun ebenfalls zum Sprung an. Bevor er sich auf die kurz vorm Herzinfarkt stehende Helena stürzen konnte, war Finn schon losgehechtet und hatte den irren Kater aus der Luft gepflückt.

Gismo maunzte zwar erst empört, aber Finn hielt ihn so fest umklammert, dass er sich schließlich zerknirscht ergab und innerhalb weniger Sekunden vom Kampfkater zum Schmusekater mutierte. Schnurrend schmiegte er sich in Finns Arm.

»Absolut unglaublich«, wiederholte Linda.

Mary stürzte zu Wutz und zerrte Helena von ihm herunter.

»Mein Zuckerpüppchen, mein Schnuckelchen, alles ist gut. Der böse Kater kann dir nichts mehr tun«, redete sie beruhigend auf die heftig pumpende Bulldogge ein. Doch es war zu spät.

Mit einem finalen Japsen sank Helena zur Seite. Ein letztes Augenrollen, ein kurzes Zucken der Lefzen – und dann rief Linda auch schon erschrocken: »Oh Gott, sie ist tot!«

Allen, die jetzt erwartet haben, dass Mary bei dieser Nachricht in Panik ausbrechen würde, sei gesagt: Ihr kennt meine Oma nicht! Wie von der Tarantel gestochen sprang Mary auf, flitzte ins Gästezimmer und kam Sekunden später mit einer Flasche *Klosterfrau Melissengeist* zurück. Mit zittrigen Fingern drehte sie den Verschluss auf, hob Helenas Lefzen an und ließ etwas von dem Inhalt in ihr Maul tropfen. Dann wartete sie.

Linda schlug schon aufopferungsbereit vor Mund-zu-Mund-Beatmung bei Helena zu machen, da gab die Bulldogge ein leises Röcheln von sich und schlug – dramatisch wie Schneewittchen höchstpersönlich – die Augen auf.

»Da bist du ja wieder, meine Süße«, seufzte Mary erleichtert.

»Nee«, murmelte Wutz, während er langsam wieder auf die Beine kam. »Nee, das glaub ich jetzt nicht …«

»Was?«, fuhr Mary ihn an. »Dass dein Kampfkater meine arme Helena fast umgebracht hätte?«

»Warum frisst sie auch aus seinem Napf?«

Mary schnaufte wütend, schnappte sich Helena und entschwand ohne einen weiteren Kommentar ins Gästezimmer.

»Unglaublich«, fand Linda nun schon zum dritten Mal. »Und in seiner größten Panik ist das Tier ausgerechnet in deine Arme gesprungen, Wutz. Ist dir eigentlich klar, was das bedeutet?«

Wutz hob hilflos die Hände. »Keine Ahnung. Vielleicht hat sie gedacht, ich sei der Tierarzt …«

Linda schüttelte wie irre den Kopf. »Nein, nein, Wutz! Sie hat gespürt, dass du unter einer schlimmen Phobie leidest, und wollte dir damit helfen diesen Angstzustand zu überwinden.«

Wutz schaute sie einen Moment schweigend an. Sein Gesicht wurde steingrau. Dann tippte er sich mit dem ausgestreckten Zeigefinger an die Stirn. »Linda, du hast 'nen Knall.«

Mein Vater schien ähnlich zu denken, denn er zog seine selbst ernannte Tierversteherin schweigend mit sich in sein Zimmer.

»Soll ich Gismo ins Körbchen bringen?«, fragte Finn.

Wutz nickte. »Ja, danke, Finn. Du hast wirklich super reagiert.« Wutz klopfte ihm anerkennend auf den Rücken und bei mir brannte fast eine Sicherung durch.

Was sollte das denn? Wutz war *mein* Freund! *Mein* Verbündeter in diesem Chaoshaufen, der sich meine Familie nannte. Doch bevor ich die Möglichkeit hatte irgendetwas gegen diese Verbrüderungsaktion zu unternehmen, klingelte das Telefon.

»Gehst du mal ran?«, forderte Wutz mich auf, legte seinen Arm um Finns Schultern und verschwand mit ihm in die Küche.

Wütend riss ich das Telefon von der Station. »JA?!«, knurrte ich in den Hörer.

»Hi, kann ich bitte mal Rick sprechen?«

Heilige Yetikralle, das war Nelly!

»Ähm … ich-ich …«

Zack – hatte ich das Gespräch weggedrückt.

Unschlüssig blieb ich neben dem Telefon stehen.

Und nun?

Es klingelte erneut.

Mein Herz donnerte wie verrückt gegen meine Brust.

Es klingelte und klingelte und klingelte …

»Rick, jetzt geh doch endlich mal ran!«, rief Wutz.

Ich holte tief Luft. Zählte innerlich bis zehn. Dann hob ich ab.

»Ja, hier bei Michalski.«

»Rick, bist du das?«, fragte Nelly.

»Ja, hi«, sagte ich.

»Hier ist Nelly. Was war denn gerade los?«

»Ähm … warum?«, fragte ich scheinheilig.

»Ich habe eben schon mal bei euch angerufen.«

»Ach so … ich meine, nö. Hier hat keiner angerufen.«

Stille in der Leitung.

»Rick, hallo! Bist du noch dran?«, rief Nelly.

»Bin ich.«

»Schön.«

Oh verdammt! Wie oberpeinlich war das hier alles? Gut, dass Nelly in diesem Augenblick nicht mein Gesicht sehen konnte.

»Wie auch immer. Ich habe nur angerufen, weil ich dir schöne Ferien wünschen wollte«, sagte sie.

»Danke.«

»Fahrt ihr weg?«

»Nö.«

»Wolltest du nicht zu Chrissy nach Stuttgart?«

»Hat nicht geklappt.«

»Oh, schade.«

»Ja.«

»Kommst du zum Abschlussfest der *Young Indians*?«

»Weiß nich.«

»Na ja, dann vielleicht bis Samstag. Tschüss!«, verabschiedete Nelly sich.

»Tschüss«, sagte ich und legte auf.

Danach starrte ich eine Weile fassungslos das Telefon an, bevor ich es mir dreimal hintereinander kräftig vor die Stirn schlug. Wie doof, wie selten-gurken-doof ich doch war!

»Wer hat denn angerufen?«, fragte Wutz, als ich wenig später in die Küche trottete.

»Niemand«, murmelte ich mit Feuerbirne.

Zu meiner Überraschung schluckte Wutz das, wahrscheinlich wäre er im Moment mit so ziemlich jeder Antwort zufrieden gewesen – der Arme stand noch immer unter Schock. Die hechelnde Helena auf dem Arm zu haben, das hätte selbst den stärksten phobischen Geheimagenten aus den Puschen gehauen.

Finn hingegen musterte mich skeptisch. Sicherheitshalber warf ich ihm meinen tödlichsten Blick zu, damit er bloß nicht auf die Idee kam nachzubohren.

Schließlich trudelten auch alle anderen alten und neuen WG-Bewohner in der Küche ein.

Die beste Gelegenheit, um noch einmal deutlich zu machen, dass ich absolut dagegen war Finn in mein Zimmer einziehen zu lassen.

Nur leider hörte mir keiner zu. Jeder schien irgendwie beschäftigt zu sein. Mary kramte Geschirr aus dem Wandschrank hervor und reichte es an Pa weiter, der sich mit Linda verliebten Schwachsinn zutuschelte. Wutz holte sich ein Bier aus dem Kühlschrank und ließ es laut aufploppen. Dabei lauschte er anscheinend ernsthaft interessiert Finns Vortrag über die Flugkraft von Katzen und warum behauptet wird, dass sie sieben Leben hätten. Gismo schlief in seinem Körbchen und Helena saß mit beleidigter Miene am anderen Ende der Küche auf ihrer Decke und tat so, als ob sie uns nicht kennen würde.

»Hallo, könnt ihr mir mal zuhören?!«, versuchte ich es noch einmal.

Keine Reaktion. Als ob ich Luft wäre.

»Hey, ich habe was …«

»Rick, was stehst du hier mitten im Weg herum?«, blaffte mich Mary an. »Du siehst doch, dass wir zu tun haben.«

Wie bitte? Was für eine Frechheit. Okay, sie hatten es nicht anders gewollt!

»Übrigens war das gerade meine *Freundin* am Telefon. Sie hat angerufen, weil wir Samstagabend zusammen zu einer Party gehen werden!«

Kaum waren die Worte aus meinem Mund, hatte ich das Gefühl, dass mir jemand den Boden unter den Füßen weggebombt hätte und ich drei Stockwerke in die Tiefe stürzen würde. Hatte ich sie eigentlich noch alle? Wie konnte ich mich nur so lächerlich machen?

»Vielen Dank auch«, raunte ich mir selbst zu.

Aber ich hätte auch ebenso gut verkünden können, dass Elefanten vier Beine haben. Die Aufregung wäre nicht größer gewesen.

Linda schaute kurz auf und lächelte mich an, bevor sie in Pas Richtung zwitscherte: »Wie süß, er hat eine kleine Freundin …«

Und Pa tätschelte mir den Rücken. »Prima.«

Die anderen hielten es wohl nicht für notwendig erstaunt über diese Nachricht zu sein und ich wusste nicht, ob ich darüber erleichtert sein sollte oder nicht. Aber eines wusste ich ganz bestimmt: Mir reichte es jetzt endgültig.

»Erstens: Die Violine kommt nicht in mein Zimmer. NIEMALS! Zweitens: Ihr seid alle miteinander total irre! Und drittens: Am Samstag werde ich meine Freundin *küssen*. Und zwar so richtig!«

So, jetzt war es amtlich: Ich war komplett meschugge!

»Igittigitt! Das ist ja abartig«, murmelte Finn prompt und verzog angewidert das Gesicht. »Weiß die arme Nelly schon davon?«

Bevor ich der Versuchung erliegen konnte mich auf ihn zu stürzen und mir dafür wieder 'ne pädagogisch wertvolle Standpauke von Pa einzuhandeln, keifte ich ihn an: »Noch so 'n Spruch, Kieferbruch!«

Dann knallte ich die Tür scheppernd hinter mir zu und ließ mich für den Rest des Tages nicht mehr blicken.

In dieser Nacht bekam ich kein Auge zu. In meinem Kopf schwirrte es – und außerdem gab Finn im Schlaf sonderbare Pfeiftöne von sich, die mich beinah in den Wahnsinn trieben.

Sechs Wochen sollte ich das aushalten. Sechs lange Wochen mit diesen durchgeknallten Irren da draußen und diesem pfeifenden Besserwisser hier drinnen.

Und ausgerechnet jetzt fand bei den *Young Indians* kein Training statt. Das Stadion war geschlossen und das Sommertraining für drei Wochen ausgesetzt.

Na ja, und dann war da noch Nelly. Dass sie meine Freundin war, war natürlich glatt gelogen. Aber, tja, ähm … Was hatte das alles bloß zu bedeuten? Hatte ich mich vielleicht bei Pa angesteckt? Schwirrte in unserem Haus ein Virus herum, der einem keine Grippe, sondern plötzliches Verknalltsein bescherte? Und was noch viel wichtiger war: Gab es ein Gegenmittel dafür?

4
OKAY, GANZ LOCKER BLEIBEN, RICKY-BOY!
WENN SIE AUFTAUCHT, WIRST DU GANZ COOL ...
HEY, RICK!
WRSGL!
?
BLL GLLL!
WAU! WAU!
SMACK!
DU BIST TOTAL SÜÜÜSS!

Am Samstagmorgen wurde ich von einem ohrenbetäubenden Urrrggghhh aus dem Schlaf gerissen.

Ich schoss so heftig in die Höhe, dass ich volle Kanne gegen die Wand stieß. Fluchend und hinterkopfreibend starrte ich zu Finn rüber, der friedlich auf der Matratze vor sich hin schnorchelte. Die Knalltüte hatte natürlich mal wieder nichts mitbekommen.

Ich schleppte mich zur Tür, öffnete sie einen Spalt und riskierte einen vorsichtigen Blick ins halbdunkle Billardzimmer.

Niemand zu sehen.

Okay, also litt ich mittlerweile unter Hallus. Kein Wunder. Die letzten drei Tage hatte ich schließlich inmitten der Hölle verbracht. Linda und Finn nervten, bis der Arzt kam und Mary war kurz vorm Durchdrehen, weil Helena ständig Gismos Kacke aus dem Katzenklo fraß, um sie anschließend wieder hochzuwürgen.

Gerade als ich zurück ins Bett gehen wollte, zischte es leise vom Fußboden: »Ich bring sie um!«

Auf Zehenspitzen huschte ich um den Billardtisch, schaute kurz hin und dann ganz schnell wieder weg.

Boah … wie abartig oberekelig!

Wutz hockte auf dem Boden inmitten einer widerlich schmierigen Grütze und sah aus, als ob er jede Sekunde explodieren würde.

»Hey, W-Wutz.«

»Kotze!«

Ich blickte ihn ungläubig an. Doch Wutz ignorierte mich. Seine ganze Aufmerksamkeit galt der *Grütze,* die an ihm klebte. »Ich bring sie um.«

Okay, das hatten wir schon mal.

»Wen?«, krächzte ich.

Endlich schien er mich wahrzunehmen und sah mich an.

»Das Klosterfrau-Melissengeist-Monster«, knurrte er.

»Hä?«

»Helena.«

Da endlich schnallte ich es. Wutz war in Helenas Kotze getreten und ausgerutscht!

Bevor er völlig ausrasten oder mich womöglich noch zum Glibberschleim-Wegmachen verdonnern würde, zog ich mich unauffällig in mein Zimmer zurück.

Für den Rest des Tages lieferten Wutz und Mary sich ein astreines Gefecht nach dem anderen.

Oh Mann, unsere WG war echt zur Hölle mutiert!

Gegen sechs Uhr abends machte ich mich auf den Weg zum Pferdeturm, wo die alljährliche Saisonabschlussfeier der Kinder- und Jugendteams der Indians stattfinden sollte.

Mein Herz dröhnte schon wieder wie bekloppt und in meinem Bauch wütete ein Tornado der Stärke fünf. Für einen Moment vergaß ich sogar den WG-Terror. Tatsache war, ich würde gleich auf Nelly treffen und das war gerade das Einzige, woran ich denken konnte.

Eigentlich hatte ich gar nicht kommen wollen. Bestimmt nicht! Aber nachdem ich es meinen durchgeknallten Mitbewohnern so großartig angekündigt hatte, war es unmöglich jetzt einen Rückzieher zu machen – zumal Finn mir beim Mittagessen noch einen *schönen ersten Kuss* gewünscht und ich ihm dafür eine Spreewaldgurke an die Birne gepfeffert hatte.

Am Stadioneingang überfielen mich jedoch meterhohe Zweifel. Sollte ich mir das wirklich antun?

»Hi, Rick.« Vladi klopfte mir grinsend auf die Schulter. »Cool, dass du doch gekommen bist.«

»Ähm …«, hüstelte ich perplex. »W-wie … warum nicht?«

Vladi zuckte mit den Schultern. »Nelly meinte, du kämst wohl heute nicht. Na ja, ich sag ihr gleich mal Bescheid …«

Heiliges Sägeblatt, alles, nur das nicht!

Ich packte Vladi bei den Schultern und drückte ihn mit aller Kraft gegen das Gittertor.

»D-das machst du nicht. Du erzählst niemandem, dass ich hier bin … ähm *war*.«

Vladi glotzte mich an, als würde ihm gerade auffallen, dass ich wie ein Alien aussah.

»Hey, hey, bleib mal locker«, murmelte er. »Was is'n dein Problem?«

»Problem? Ich hab kein Problem.«

Vladi grinste. »Alles klar. Kannste dann mal deine Flossen von meinem Shirt nehmen?«

Flossen? Shirt? Hä? Ich musterte ihn erstaunt. Aber dann machte es endlich klick.

»Ach so … ja klar … sorry …«, stammelte ich und ließ ihn los.

Während Vladi sich sein T-Shirt zurechtzog, ließ er mich nicht einen Moment aus den Augen. So, als ob er sich innerlich auf den nächsten Angriff vorbereitete. Das Ganze war einfach nur oberaffenblamabel.

»Tut mir leid, Vladi. Echt!« Ich wandte mich um und wollte mich vom Acker machen ... da hörte ich sie. Nelly!

»Rick, warte!«, rief sie mir hinterher.

Wie von einer Horde wahnsinniger Hornissen gestochen, zuckte ich zusammen und starrte in Nellys strahlendes Gesicht.

»Schön, dass du doch gekommen bist«, sagte sie.

Ich schwieg. Stand nur da und starrte Nelly an. Ihre funkelnden Augen, ihre roten Locken, ihre kleinen Sommersprossen auf der Nase, ihr Lächeln ... und ... und ...

»Ich geh rein«, brummte Vladi und zog ab.

»Ähm ... ja ... ey ... a-alles ... k-klar ...« Ich hüpfte nervös von einem Bein aufs andere und stotterte wie ein altersschwacher Traktor.

»Neulich in der Schule, das war echt süß von dir«, meinte Nelly plötzlich.

Ich sah sie verwirrt an. »Was denn?«

»Na ja, als du gesagt hast, dass du mich hübsch findest.«

»Das hab ich gesagt?« Meine Stimme klang total bescheuert. Spätestens jetzt musste Nelly merken, dass ich mindestens 'nen Vollknall hatte.

Aber Nelly merkte nichts. Sie lächelte nur und nickte.

Und was machte ich? Ich nahm ihre Hand und quetschte sie. So stark, dass sich Nellys glückliches Lächeln in ein schmerzvolles verwandelte und sie leise wimmerte: »Rick, nicht so doll ...«

»Oh«, rief ich erschrocken und ließ ihre Hand los, als ob sie in Flammen stünde. »Ich ... also, das tut mir leid. Ich wollte dir nicht wehtun. Ich ... ach, keine Ahnung ...«

Zu allem Überfluss lief ich tomatenrot an. Und alles, was mir einfiel, um Nelly von meiner Feuerbirne abzulenken, war sie mit ein paar coolen Moves zu überspielen.

Nelly kicherte. »Rick, was machst du da?«

»Yeah!«, hörte ich mich zu meinem eigenen Entsetzen rufen. »Coole Moves.«

Na ja, *cool* war das ganz und gar nicht. Eher ziemlich peinlich, wenn ich ehrlich war, aber ich konnte beim besten Willen nichts dagegen tun. Ich war wie ferngesteuert, slidete vor Nelly hin und her und grinste dabei enddämlich.

Als Nelly laut zu lachen anfing, gewann ich endlich die Kontrolle zurück. Ruckartig blieb ich stehen, starrte auf meine Füße und schämte mich in Grund und Boden.

»Rick, das war echt abgefahren. Ich wusste gar nicht, dass du so toll tanzen kannst.«

Heilige Yetikralle! Ich sollte *toll tanzen* können – das nahm ich Nelly nicht ab. Nie und nimmer.

Ich wagte nicht hochzusehen. Doch Nelly trat ganz nah an mich heran und legte ihre Hand unter mein Kinn, so dass ich sie anschauen musste. Dann beugte sie sich vor und gab mir einen Kuss auf die Wange. »Du bist toll, Rick!«

Ich starrte sie an. Fassungslos. Verblüfft. Völlig durch den Wind, weil ihr Mund ein Loch in meine Haut gebrannt hatte. Ich war noch nicht einmal mehr in der Lage zu atmen.

Irgendwann war schließlich kein Sauerstoff mehr in meiner Lunge und ich erwachte aus meiner Erstarrung. Japsend schüttelte ich den Kopf, drehte mich um und rannte hakenschlagend wie ein Hase, der vor dem Fuchs flieht, davon.

Als nichts, aber auch rein gar nichts mehr vom Pferdeturm zu sehen war, ließ ich mich mit dem Rücken gegen eine Hauswand sinken und ging langsam in die Hocke.

Dort blieb ich sitzen und schämte mich. Ich schämte mich fast eine Stunde lang. So lange, bis das Loch in meiner Wange wieder zugewachsen war. Dann schlich ich mit hängendem Kopf und tierischen Schmerzen in der Brust nach Hause.

Leise öffnete ich die Küchentür und entdeckte Wutz, der mit verschränkten Armen vorm Tresen stand und seine Bierflasche anstarrte, als ob sie gerade zu ihm gesprochen hätte.

»Hi«, murmelte ich.

Wutz schaute nur kurz auf und fixierte dann wieder seine Flasche. »Schon zurück?«

»Ist was passiert?«

»*Noch* nicht«, knurrte er.

Autsch. Das hörte sich übelst nach Ärger an. Wahrscheinlich war er wieder in Bulldoggengrütze getreten. Besser, ich fragte gar nicht nach den Details.

»Okay«, sagte ich gedehnt und wandte mich zum Gehen.

»Und bei dir?«, hielt er mich zurück. »Wolltest du dich nicht mit deiner *Freundin* treffen?«

Mierda! Mierda! Mierda!

»Ähm ... ja ...« Ach, verflixt! Wutz konnte ich einfach nichts vormachen. Ich musste ihm die Wahrheit sagen. Egal, wie belämmert ich dann dastand.

»Na ja ... ich hab da wohl ein bisschen übertrieben ... Niemand hat mir zugehört und außerdem bin ich gegen die Glastür geknallt und vorher ist irgendwas in meinem Kopf explodiert und ... Ach, keine Ahnung, ich weiß echt nicht, was plötzlich mit mir los ist, und dann habe ich auch noch voll lächerlich herumgelabert, von wegen, dass ich sie hübsch fände und so 'n Blödkram und eben habe ich vor ihr getanzt ...«

Ich brach ab und Wutz lächelte verständnisvoll. »Hey, Kumpel, dich hat's ja echt erwischt.«

»Erwischt?«

Wutz' Grinsen wurde breiter. »Du bist verliebt, Rick.«

»Mierda«, entfuhr es mir entsetzt. »So etwas in der Art hab ich schon befürchtet.«

Wutz lachte. »Aber Rick, das ist doch genial. Du hast dich das erste Mal so richtig verknallt.«

Ich wusste ehrlich nicht, was Wutz daran so freute, ich für meinen Teil konnte gut darauf verzichten.

»Blödsinn«, entgegnete ich und raufte mir verzweifelt die Haare. »Das ist das Schlimmste, was mir passieren konnte, und ich will das auch gar nicht. Am Ende mache ich mich noch genauso zum Affen wie Pa.«

Doch Wutz hatte kein Erbarmen. »Ich kann dich gut verstehen, Rick. Nelly ist ziemlich süß.« Er lehnte sich zurück. »Ach, ich würde mich auch gern mal wieder so richtig verlieben!«

Süß? Nelly war Eishockeystürmerin. Und was für eine! Ich kannte kein Mädchen, das so einen Hammerschlag draufhatte wie sie. Wenn irgendetwas auf Nelly zutraf, dann war das: cool. Genau! Nelly war oberhammermäßigsupercool!

Aber mir sollte es egal sein, was Wutz fand. Hauptsache, er hielt dicht.

»Könnte das bitte unter uns bleiben?«, krächzte ich mit beschämtem Glühbackengesicht.

Wutz nickte und hielt mir die Hand hin. »Logo. Das ist ab sofort unser Geheimnis.«

Ich ergriff seine Hand, obwohl mir sein feierlicher Gesichtsausdruck ein wenig übertrieben vorkam.

»Und was war hier los?«, fragte ich nun doch.

Wutz winkte ab. »Hör bloß auf«, knurrte er. »Ab morgen bin ich zum Glück wieder im Einsatz, ansonsten könnte ich für nichts garantieren. Das ist die Hölle hier.«

Welcome to my life, Wutz!, dachte ich und verschwand in mein Zimmer.

Finn saß in meinem Baseballhandschuhsessel und las.

»Boah, ist das heiß hier drinnen«, beschwerte ich mich und riss das Fenster weit auf.

»Nein, lass das!«, rief er, sprang vom Sessel hoch und schloss das Fenster wieder. »Von der Straße kommt so viel

Lärm rein. Ich brauche Ruhe. Was willst du überhaupt schon wieder hier? Ich dachte, du hast ein Knutsch-Date mit deiner Freundin?!«

Ich ballte die Hände zu Fäusten. »Dir hat wohl die Hitze das Gehirn getoastet«, stieß ich ärgerlich hervor.

Finn verzog nur kurz den Mund, ließ sich zurück in den Sessel plumpsen und glotzte wieder in sein Buch.

Mann, der Typ brachte mich echt zur Weißglut!

»Ey, Finn, ich rede mit dir!«

Zerstreut hob er den Kopf. »Ich kann jetzt nicht. Ist gerade spannend«, nuschelte er.

»Pass mal auf, wie spannend das hier gleich wird«, drohte ich ihm und ging erneut zum Fenster rüber, um es zu öffnen.

»Lass das Fenster zu!«, kreischte Finn. »Du … du Weichkartoffel.«

Okay, was zu viel war, war zu viel. Und das war eindeutig viel zu viel! Mit einem sensationellen Tarzanschrei stürzte ich mich auf ihn, umfasste seinen dürren Arm und wollte ihn aus meinem Zimmer schleifen. Doch Finn machte sich schwer wie ein Kartoffelsack und versuchte mit aller Kraft seinen Arm aus meinem Griff zu befreien.

»Lass los!«

»Das kannst du vergessen, du Pfeife!«

Aber bevor wir uns gegenseitig die Schultern auskugeln konnten, kamen Mary und Wutz ins Zimmer gestürmt und fingen sofort damit an ihrerseits an uns herumzuzerren.

»STOPP!«, rief Pa schließlich in das Gerangel.

Finn und ich ließen uns so ruckartig los, dass Mary zu Boden stürzte. Wutz konnte sich gerade noch am Türrahmen festkrallen, sonst wäre er der Länge nach auf meine arme Oma geklatscht.

Als Mary sich wieder aufgerappelt hatte, war ich fest davon überzeugt, jeden Moment eine gescheuert zu bekommen. Doch stattdessen keifte Mary Linda an, die eben erst dazugekommen war und fassungslos von einem zum anderen starrte.

»Tolle Idee! Ich dachte, du bist eine Pädagogin und weißt, dass Jungs in dem Alter ihre Privatsphäre brauchen. Aber jetzt verstehe ich es, deshalb hast du wohl deinen Job an den Nagel gehängt und willst Heilpraktikerin werden?!«

Linda verzog ihre Augen zu schmalen Schlitzen. »Unsinn. Natürlich weiß ich das«, zischte sie. »Dennoch sollten wir alle in der Lage sein vernünftig miteinander auszukommen. Ich rege mich ja auch nicht darüber auf, dass du und Helena das Gästezimmer in Beschlag genommen habt, das eigentlich für Finn vorgesehen war.«

Oh-oh, das hätte Linda-Schatzi besser nicht gesagt! Meine Oma scharrte mit dem Fuß wie ein Stier, der sich darauf vorbereitet den Torero mit seinen Hörnern zu durchbohren. »Das wird ja immer schöner. Wie lange bist du mit *meinem Schwiegersohn* zusammen? Fünf Monate? Und meinst schon über die Belegung der Zimmer in dieser WG bestimmen zu können?!«

»Nun wird mir alles klar«, erwiderte Linda und stemmte die Hände in die Hüften. »Du hast Angst, dass du deine unangefochtene Rolle als einzige weibliche Bezugsperson für die drei verlieren könntest!«

»Jetzt macht mal schön halblang«, ging Wutz dazwischen. »Wenn hier einer stinkig sein müsste, dann ja wohl ich.« Er warf Pa einen finsteren Blick zu. »Schließlich ist das noch immer *meine* Wohnung und niemand hat es für nötig gehalten mich zu fragen, was ich eigentlich von den ganzen Einzügen halte.«

Wie auf Kommando richteten sich alle Blicke auf Pa. Der starrte irgendwie ins Leere. Und sah dabei echt traurig aus.

»Schon kapiert«, sagte er mit belegter Stimme. »Das wird hier nichts mit uns. Wir wollen keine Familie werden, wir streiten lieber miteinander. Wir brauchen uns nicht und niemand nimmt Rücksicht auf den anderen. Wir finden uns alle doof und …«

»Aber Bärchen«, jammerte Linda dazwischen. »Ich finde dich nicht doof. Und du mich hoffentlich auch nicht, oder?«

Pa ging nicht darauf ein. »Ich habe gedacht, die nächsten Wochen wären eine gute Möglichkeit das Zusammenleben auszuprobieren. Und ich war so bekloppt mir einzubilden, dass es funktionieren würde. Nun ist noch nicht einmal eine Woche um und wir möchten uns am liebsten gegenseitig an die Gurgel gehen und …«

»Nein!«, rief Linda schon wieder obernervig dazwischen. »Das würde ich doch nicht tun. Bestimmt nicht!«

Pa schaute sie an. Richtig ernst und kein bisschen bis-über-beide-Ohren-verknallt. »Es geht hier aber nicht nur um dich und mich, Linda. Es geht um meinen besten

Freund Wutz und um Mary, die ich auf keinen Fall verlieren möchte. Und natürlich geht es auch um Rick und Finn und es geht sogar um Gismo und Helena. Es fällt mir schwer mich zu entscheiden, doch wenn ich es müsste, dann …«

Diesmal fiel Wutz ihm ins Wort. »Stopp, Philipp, sag nichts, was du später bereuen könntest. Ich versteh dein Problem. Und ich für meinen Teil werde alles tun, damit das hier die nächsten Wochen etwas charmanter abläuft. Versprochen!«

Er blickte Pa fest in die Augen und hielt ihm dann die Hand hin. Pa schlug klatschend ein und in diesem Moment wurde mir mal wieder bewusst, wie sehr ich meinen besten Freund Chrissy vermisste.

Mary legte ebenfalls ihre Hand auf die von Pa und Wutz und das taten dann auch Linda und Finn – na ja, und auch meine Flosse lag am Ende obendrauf.

Doch bevor das Ganze zu einer richtig peinlich sentimentalen Nummer werden konnte, kam zum Glück Gismo angeschlendert und ließ einen seiner hundertprozentig fiesen Katzenfürze sausen, so dass wir unser trautes Beisammensein schnell auflösten und die Fenster aufrissen.

Danach verzog sich jeder in sein Zimmer. Na ja, bis auf mich. Ich wusste nicht wirklich, wohin ich mich verziehen sollte. *Mein* Zimmer war ja belegt. Von Finn. Auch wenn wir uns gerade alle Besserung geschworen hatten, verspürte ich das dringende Bedürfnis allein zu sein. Und wenn man ein Bedürfnis verspürt, dann verzieht man sich am besten aufs Klo, oder?

Ich schloss die Tür hinter mir ab und ließ mich auf den Wannenrand sinken. Dann stellte ich den CD-Player an, in der Erwartung, *Statuts Quo* oder sonst eine von Wutz' uralten Lieblingsrockgruppen zu hören, doch stattdessen erklang sanftes Meeresrauschen, in das sich nach und nach leises Vogelgezwitscher mischte.

Linda!

Verdammte Gorillalippe, noch nicht einmal auf dem Klo hatte man seine Ruhe!

Ich verließ stampfend das Badezimmer und knallte die Tür so laut hinter mir zu, dass die Fensterscheiben klirrten.

Kaum hatte das Glas zu scheppern aufgehört, stürmte auch schon Linda, die Rächerin aller zugeknallten Türen, ins Billardzimmer und rief: »Himmel, was ist denn jetzt schon wieder passiert?«

Ich zuckte unschuldig mit den Schultern und ließ mich auch nicht von Pa einschüchtern, der hinter Schatzi ins Zimmer gesprintet kam und mich finster anblickte.

»Alles gut«, versicherte ich den beiden, verdrehte die Augen und ging mir einen Ort suchen, der garantiert linda-, pa- und unbedingt finnfrei war.

5
SO, PÜTTI! HERZLICH...
KOTZ! PUPS! RÜLPS!
...WILL-KOMMEN!
RÖCHEL!

Am nächsten Morgen war ich gerade dabei meinen wöchentlichen Chaos-Bericht an Chrissy zu mailen, als ein greller Schrei die friedliche Sonntagsstimmung zerstörte.

Katastrophenalarm!

Ich starrte so angestrengt auf den Monitor, dass mir beinah die Augäpfel aus den Höhlen hüpften, und rührte mich nicht von der Stelle. Mir doch furzpiepegal, warum Lindas Gekreische sich so angehört hatte, als ob mein Pa ihr sämtliche Räucherstäbchen weggelutscht hätte.

Die darauffolgende fast beängstigende Stille trieb mich schließlich doch ins Badezimmer, von wo der Panikschrei gekommen war. – Gerade rechtzeitig, um Linda »Scheiße!« zischen zu hören und mit ansehen zu können, wie sie mit spitzen Fingern in einer widerlich glitschigen Masse aus Zahnpastaschaum, Seifenschliere und Haaren im Waschbecken herumstocherte.

»Das ist ja ekelhaft«, stieß ich hervor.

»Nicht bewegen!«, keifte Linda mich panisch an. »Nicht einen Zentimeter, hörst du?!«

»Was machst du denn da?«

Statt zu antworten, fing Linda an, sich vorsichtig ihren hässlichen Kimono abzuklopfen.

»Scheiße«, zischte sie.

Nun war ich wirklich baff. Linda sagte nie das S-Wort. Nienieniemals! Und dann gleich zweimal hintereinander und sogar vor Zeugen – boah, die musste wirklich ganz schön tief in der Sch… stecken.

Mir blieb keine Zeit mich weiter darüber zu wundern, denn Linda ging langsam und irgendwie schwankend in die Hocke.

»Nicht bewegen! Bloß nicht!«, krächzte sie noch einmal.

Okay, allmählich schnallte ich es: Unser Badezimmer war in Wirklichkeit ein Minenfeld und jeder unbedachte Schritt konnte den sicheren Tod für uns bedeuten – oder so ähnlich.

»Ähm, lustiges Spiel, aber jetzt würde ich gern wieder in mein Zimmer gehen.«

»Wag es nicht!«

Linda robbte über den Boden, spähte angestrengt in jeden Winkel und stieß, nachdem sie die Waschmaschine zweimal umrundet hatte, einen weiteren hellen Schrei aus – diesmal vor Begeisterung.

»Ich hab sie!«

»Herzlichen Glückwunsch! Was denn?«

Sie feuchtete ihren Zeigefinger mit Spucke an, tippte damit auf einer Stelle am Fußboden herum und richtete sich, mit noch immer ausgestrecktem Zeigefinger, vorsichtig auf. Dann übergoss sie das unsichtbare Ding auf ihrer Fingerspitze mit einer Flüssigkeit und drückte es sich vorm Spiegel ins linke Auge.

»Bäh … was ist das?« Ich verzog angewidert das Gesicht.

»Meine Kontaktlinse.«

»Aha!« Ich lehnte mich gegen den Türrahmen und grinste breit. »Mein Pa hat dir wohl endlich gesagt, dass er eigentlich nicht auf Brillenschlangen steht.«

Ohne ein weiteres Wort nahm Linda den mit Wasser gefüllten Zahnputzbecher und kippte ihn einfach über meinem Kopf aus.

»So, mein Lieber. Glaub nicht, dass ich nicht auch frech werden kann!«, knurrte sie mich an.

Beim Frühstück war sie dann wieder ganz die alte Friede-Freude-Eierkuchen-Linda.

»Entschuldige, dass ich vorhin im Bad etwas überreagiert habe«, säuselte sie zuckersüß in meine Richtung. »Aber dein Pa und ich haben die halbe Nacht kein Auge zubekommen.«

Danke, das reicht, mehr Informationen brauche ich dazu wirklich nicht!, dachte ich.

Aber ich sagte nichts. Ich hatte mir nämlich fest vorgenommen mit der gemeingefährlichen Blindschleiche nie wieder ein Wort zu reden.

Doch Finn musste es natürlich mal wieder ganz genau wissen. »Warum denn nicht?«

Linda platzte fast vor Freude. »Bärchen, ich weiß, wir wollten es erst heute Abend sagen, aber ...«

Mein Vater nickte wohlwollend in ihre Richtung und schon sprudelte es förmlich aus ihr heraus. »Wir fahren in den Urlaub! Philipp und ich haben schon alles gebucht. Dienstag früh geht es los.«

»Wer ist *wir*?«, fragte Mary skeptisch.

»Linda, Finn, Rick und ich«, antwortete Pa und legte Linda zufrieden lächelnd die Hand auf die Schulter.

»Aha«, machte Mary. »Und seit wann wisst ihr das?«

Linda klatschte begeistert in die Hände. »Seit heute Nacht.«

»Aha«, machte Mary noch einmal. »Und seit wann haben die Reisebüros nachts geöffnet?«

Finn seufzte tief. »So etwas bucht man heutzutage doch alles übers Internet«, erklärte er in seinem üblichen Oberprofessor-Tonfall.

Mary zog einen Schmollmund, verkniff sich aber einen weiteren Kommentar und begann stattdessen Helena mit kleinen Stückchen ihres Käsebrötchens zu füttern.

»Sagt mal, und wer kümmert sich in der Zwischenzeit um Gismo?«, fragte sie beiläufig. »Wutz ist doch für einen Einsatz unterwegs, mindestens eine Woche lang. Das hat er mir gestern Abend noch gesagt. Oder nehmt ihr den Kater mit?«

Pa zog die Augenbrauen hoch. »Nein, ähm … warum? Kannst du das nicht übernehmen?«

»Nö!«

»Wie *nö*?«

»Geht nicht! Ich verreise selber, und zwar genau wie ihr am Dienstag. Ich dachte, ich lasse euch mal ein paar Tage allein. Deshalb habe ich am Samstagmorgen im *Reisebüro*«, sie bedachte Finn mit einem strengen Seitenblick, »einen viertägigen Kurztrip gebucht.«

»Wohin denn?«, fragte ich.

»Ach«, winkte Mary ab, »ich lass mich einfach treiben.«

»Treiben?«, rief ich.

Mary lächelte geheimnisvoll. »Genau. Mal schauen, wo der Wind Helena und mich hinweht.«

Mann, ich sag's ja, meine Oma ist echt cool!

»Und wie lautet das Ziel *eurer* Reise?«, wollte Mary nun von Linda wissen.

Linda hob bedauernd die Schultern und Pa erklärte: »Wir wollen die Jungs überraschen, Mary. Das verstehst du doch, nicht wahr?«

Mary nickte wenig überzeugend.

Mir ging es ähnlich. Wohin wollte unser Turteltaubenpärchen mich nur verschleppen?

»Also, ich komme bestimmt nicht mit, wenn ich das Ziel nicht kenne«, verkündete ich deshalb schon mal zur Sicherheit, verschränkte die Arme vor der Brust und schob trotzig das Kinn vor.

Linda lächelte wissend und biss in ihr Dinkelbrötchen, während Pa so tat, als ob er nichts gehört hätte. Finn schlug mal wieder sein Buch auf und Mary verließ vor sich hin murmelnd die Küche.

Nur Gismo hob den Kopf und schenkte mir einen kurzen verschlafenen Blick, bevor er sich zur anderen Seite drehte und weiterschnarchte.

Hallo? Jetzt mal ehrlich, bin ich Luft, oder was?

Pünktlich um drei stand plötzlich die Püttelmeyer bei uns auf der Matte. Linda hatte sie eingeladen. In UNSERE WG!

Ich stand gerade in der Küche und wühlte in den Tiefen des Kühlschranks nach etwas anderem als vollwertiger

Biokost, als meine verhasste Exklassenlehrerin sich vor mir aufbaute.

»Tag, Richard, schön dich zu sehen«, begrüßte mich die Wuchtbrumme, während sie ihren gewaltigen Hintern auf einen der eigens für sie herbeigeschafften Stühle hievte. Dass sie sich an unseren Tresen setzte, wäre bei ihrem Gewicht auch zu viel verlangt gewesen!

»Hast du abgenommen?«, plapperte Linda schwachsinnig daher, während ich noch dabei war, mich von meinem Herzinfarkt zu erholen.

Die Püttelmeyer kicherte so laut, dass sie Mary in die Küche lockte. Gefolgt von Helena, die beim Anblick vom friedlich in seinem Körbchen schlafenden Gismo gleich wieder japste, als ob sie dringend 'ne Ladung Klosterfrau Melissengeist vertragen könnte.

»Ist was passiert?«, fragte Mary besorgt.

Linda schüttelte den Kopf und die Püttelmeyer verschluckte sich fast an ihrer eigenen Spucke.

»Seit wann habt ihr denn einen *Hund,* Lindalein?«

Linda winkte ab. »Das ist der Hund von Philipps Schwiegermutter.«

»Na ja, wem es gefällt Tiere im Haus zu haben, bitte schön. Aber doch nicht in der Küche!«

Mary verzog das Gesicht zu einem falschen Grinsen. Bevor das Ganze noch in eine waschechte Prügelei umschlug, schmiss sich Linda mit ihrem selbst gemachten Karotten-Hafer-Kuchen dazwischen.

»Wer möchte Sahne?«

Die Püttelmeyer, die angeblich drei Kilo abgenommen hatte (wahrscheinlich am linken kleinen Zeh), richtete sofort ihren Blick auf Lindas Ökokuchen und schnalzte anerkennend mit der Zunge.

»Da sag ich nicht Nein«, kreischte sie albern.

Gismo, wohl von dem Püttelmeyer-Gekreische aus den tiefsten Katerträumen gerissen, öffnete langsam die Schlitzaugen.

Darauf hatte Helena anscheinend nur gewartet. Sie kläffte hysterisch los, drehte sich ein paarmal wie verrückt im Kreis und sank schließlich mit einem lang gezogenen Ächzen zur Seite. Ein kurzes Zucken sämtlicher Stummelbeine – und schon war sie wieder einmal ins Nimmerland entschwunden.

Na ja, was soll ich sagen, außer der Püttelmeyer beunruhigte das inzwischen niemanden mehr. Drei Bulldoggen-Ohnmachtsanfälle in nicht mal einer Woche, da konnte man schon locker von Gewohnheit reden.

Mary träufelte Helena ein bisschen Klosterfrau Melissengeist ins Maul, fächelte ihr mit der Hand etwas frische Luft zu und tätschelte ihr liebevoll den nicht vorhandenen Hals. Dann klemmte sie sich die von den Toten erwachte Helena unter den Arm und verließ wort- und kuchenlos die Küche.

Ich folgte ihrem Beispiel.

Als ich mein Zimmer betrat, erwartete mich die nächste böse Überraschung: Finn stand mit dem Rücken zu mir am Fenster und spielte Violine. Und das, obwohl ich es ihm verboten hatte. Kein abartiges Violinengequietsche in *meinen* vier Wänden!

Also gut, er hatte es nicht anders gewollt! Ich schnappte mir meinen Eishockeyschläger und einen Tennisball und donnerte diesen einmal quer durch den Raum.

Finn zuckte erschrocken zusammen und ließ die Violine sinken.

»Kannst du das nicht woanders machen?«

»Nö!«

»Ich übe gerade.«

»Aber nicht in meinem Zimmer«, erklärte ich trocken.

Mit dem nächsten Schlag räumte ich Finns Notizbuch samt lächerlichem Füllfederhalter von der Kommode ab.

»Spinnst du?! Wenn der Füller kaputt ist, dann kannst du schon mal dein Taschengeld zusammenkratzen.«

»Pah«, lachte ich auf, legte den Tennisball wieder in Position, holte ordentlich aus und traf – kawuuums – direkt meinen Pa, der gerade zur Tür hereinkam.

Auweia!

Mein Vater schwankte kurz, rieb sich die Stirn und brüllte: »Bist du irre?!«

Ich zog den Kopf ein und machte mich so klein wie möglich. »Äh, ich konnte doch nicht ahnen, dass du gerade die Tür aufmachst …«

Und dann kam es, wie es kommen musste: Linda stürmte, von Pas Gefluche angelockt, aus der Küche, gefolgt von der mampfenden Püttelmeyer, die sich natürlich sofort einmischen musste.

»Lindalein, bist du ganz sicher, dass du dein geregeltes Leben, deinen Beruf und deine Selbstständigkeit für *diese Familie* aufgeben möchtest?«

Und als Linda nichts erwiderte, wandte sie sich an Pa. »Die deutliche Rötung auf Ihrer Stirn, Herr Michalski, hat Richard Sie dort etwa geschlagen? Nun gut, so eine gewisse kriminelle Energie habe ich ja schon immer bei Ihrem Sohn vermutet.«

Pa stockte kurz, schien innerlich bis zehn zu zählen und dann kam es wie aus einer Maschinenpistole aus ihm herausgeschossen: »Mein Sohn ist bestimmt nicht kriminell. Und ich denke, es ist besser, wenn Sie nun gehen, Frau Püttelmeyer.«

Die Püttelmeyer japste nach Luft wie ein Beulenkopfmaulbrüter, der aus dem Aquarium geworfen wurde. »Wenn Sie meinen, Herr Michalski?!«

Pa nickte energisch.

»Philipp, bitte«, jammerte Linda dazwischen. »Lass gut sein.«

Aber Philipp-Bärchen wollte es nicht gut sein lassen. Kein bisschen.

»Nein, Linda, bitte begleite *deinen* Besuch jetzt zur Tür.«

Hey, so uncool ist mein Vater doch noch nicht geworden, dachte ich. Alter Schwedenfreund, nicht schlecht, wirklich nicht schlecht!

Auch Finn staunte ganze Bauklotzsiedlungen. »Dein Vater ist ja richtig außer sich«, murmelte er mir zu. »Das hätte ich ihm gar nicht zugetraut.«

»Echt ey«, freute ich mich. »Der geht ab wie Schmitz' Katze.«

Und so verließ meine Exlehrerin kurz darauf wutschnaubend die Wohnung und schepperte die Tür hinter sich zu, so dass Mary – trotz Ohropax – aus ihrem Nachmittagsschläfchen hochschoss und ins Billardzimmer gestürmt kam. »Werden wir angegriffen?«

»Leg dich zurück ins Bett, Mary«, erklärte mein Vater trocken. »Der Krieg ist vorbei.«

Und schon wieder wurde eine Tür zugedonnert. Da soll mir noch mal jemand vorwerfen, *ich* wäre hier der Türenzuknaller!

Gegen Abend hatte sich die Stimmung in der WG langsam etwas entspannt. Linda nannte Pa wieder Bärchen und Helena hatte anscheinend genug Klosterfrau Melissengeist intus, um einigermaßen ruhig auf dem Sofa im Billardzimmer zu pennen.

Alles schien irgendwie in Butter zu sein und ich war seit langem mal wieder richtig stolz auf meinen Vater. Wie er es der Püttelmeyer gegeben hatte. Obercool!

Noch immer schwer beeindruckt saß ich beim Abendessen neben ihm und strahlte ihn an.

»Was ist, hast du 'ne Glühbirne verschluckt?«, fragte er mich grinsend.

Ich lachte. Ganz laut und bestimmt ätzend albern. Aber das war mir egal. Mein Vater war cool. Endlich wieder cool! Alles war super!

Warum nur musste Finn diesen einmaligen Moment zerstören?

»Du hast übrigens noch einmal Glück gehabt, mein Füller ist heil geblieben«, sagte er.

»Glück?«, wunderte sich Linda.

Finn nickte. »Ja, denn schließlich benötigt er doch jetzt all sein Geld. Er befindet sich in der Pubertät und das kann teuer werden, wegen der ganzen Pickelcremes. Und dann muss er seiner Herzensdame ständig Geschenke machen und sie zum Eisessen einladen. Das gehört ja wohl dazu, wenn man eine feste Freundin hat.«

»Ach ja, Rick, erzähl doch mal. Seid ihr jetzt richtig zusammen? Mit Händchenhalten und so? Hahaha ...«, gluckste mein kurz zuvor noch so cooler Vater.

Aber das war Schnee von gestern. Aus und vorbei. Bärchen war wieder ganz der Alte.

Als ich meinen Kopf verzweifelt auf die Tresenplatte sinken ließ, legte mir Mary tröstend die Hand auf den Rücken.

»Lass dich nicht ärgern, Rick. Die sind doch nur neidisch.«

Wenigstens eine, die mich verstand.

6
ENDLICH URLAUB!
KEINE HELENA...
KEINE MARY...
HELENA! FUSS!
WUFF!
KEIN WUTZ!
HALLO, ZENTRALE! GEHE JETZT AN BORD! OVER!
COSTA

Linda und Pa hatten also beschlossen, dass wir vier uns als Familie bei einer Urlaubsreise *ausprobieren* sollten. Was sie allerdings nicht bedacht hatten, war, dass auch andere Personen – Menschen wie Tiere – Erholung und Ablenkung auf einer Kreuzfahrt suchen könnten. In diesem ganz besonderen Fall: meine Oma Mary und ihre Klosterfrau-Melissengeist-süchtige Helena. Ich hab bestimmt noch nie zuvor zwei so verblödete Gesichtsausdrücke gesehen wie die von Linda und Mary, die sich plötzlich in der Wartehalle der Schifffahrtsgesellschaft gegenüberstanden.

»L-Linda?«

»M-Mary?«

»Was machst du denn hier?«

»Ich kaufe Sweatshirts für Philipp und mich im Partnerlook.«

Was noch nicht einmal gelogen war, denn Linda hielt tatsächlich zwei gleiche Sweatshirts in den Händen.

»So, so«, murmelte Mary und sah kein bisschen klüger aus. »Und warum fährst du extra nach Kiel, um Sweatshirts im Partnerlook zu kaufen?«

Linda lachte albern. »Aber nein, wir fahren gleich mit der Fähre nach Oslo. Und von dort aus geht es dann mit dem Auto weiter quer durch Norwegen.«

»Mit der *Fantastic Magda*?«, krächzte Mary ziemlich beunruhigt.

Linda nickte wie ein Wackeldackel. »In einer Stunde geht's los.«

»Ich weiß.« Mary machte nicht gerade ein glückliches Gesicht. »Helena und ich werden auch an Bord sein. Wir machen eine viertägige Mini-Kreuzfahrt nach Oslo und wieder zurück.«

»Echt?«, hauchte Linda fassungslos.

Pa, der gerade zusammen mit Finn die wandgroße Abbildung des Schiffes betrachtet hatte, war zwar genauso baff, als er Mary erblickte, doch anscheinend gab es etwas anderes, das ihm weitaus größere Sorgen bereitete. Aufgeregt versuchte er Linda und Mary etwas zuzutuscheln – was die beiden allerdings einfach nicht schnallten.

»Psst, jetzt hört doch mal zu«, zischte er und winkte nun auch Finn und mich zu sich heran. »Eristhieralsverdeckterermittlerundwirkennenihnnicht. Verstanden?!«

»Was?«, fragte Mary.

Pa klatschte sich aufgeregt auf den Mund. »PSSST!«

Mary nickte eingeschüchtert.

»Wutz ist als verdeckter Ermittler an Bord«, flüsterte er so leise, dass ich nicht sicher war, ob ich mich verhört hatte.

Wohl nicht, denn Linda meinte: »Okay. Wenn ich das jetzt richtig verstanden habe, dann sind wir *alle* – also bis auf Gismo, der ja bei meiner Schwester ist – gleich wieder an Bord der *Fantastic Magda* versammelt.«

Mein Vater bekam fast 'ne Herzattacke. »Pssssst! Nicht so laut«, wimmerte er und fuchtelte wie verrückt mit den Armen herum. Und was tat Linda? Die fing an zu lachen. Laut und schrill und eindeutig hysterisch.

»Das glaub ich jetzt nicht.« Sie klatschte in die Hände.

»Linda-Schatzi, nicht so laut. Bitte beruhige dich!«, flehte Pa sie an.

Doch Linda bog sich nur noch mehr vor Lachen.

Mein Vater tat mir ein bisschen leid. Wirklich. Wie er um Linda herumeierte, sah echt verzweifelt aus. Aber na ja, was soll ich sagen, ich bin eben auch nur ein Mensch. Ein Junge auf der Schwelle zum Erwachsenwerden, hatte Linda erst neulich zu mir gesagt. Mitten in der Pubertät, behauptete Finn. Und genau deshalb stieg ich in ihr Lachen ein.

Dann konnte auch Finn sich nicht mehr beherrschen und schließlich gab sogar Mary glucksende Geräusche von sich.

Nur einer lachte nicht mit. Und das war mein Pa.

Okay, das war natürlich echt albern und total unreif (O-Ton Pa) von uns gewesen, doch Mary setzte dem Ganzen kurze Zeit später noch die Krone auf. Sie weigerte sich strikt mit uns gemeinsam in der Halle zu warten.

»Nein, nein, ihr wolltet eure Ruhe haben, schon vergessen? Das Schiff ist riesig und wir können uns locker aus dem Weg gehen. Und damit basta.«

Sie nahm ihren Koffer in die linke und Helenas Leine in die rechte Hand und stapfte hinaus.

Linda hatte sich offenbar wieder im Griff und hielt Pa davon ab meiner Oma hinterherzurennen.

»Bärchen, du musst auch anderen ihren Freiraum zugestehen. Mary möchte für sich sein, also akzeptieren wir das.«

»Blödsinn«, rebellierte das Bärchen halbherzig.

Doch Linda hatte kein Erbarmen. »Nein, wir akzeptieren das jetzt!«, erklärte sie mit Nachdruck und Pa hob ergeben die Schultern.

Da war er wieder, mein liebeskranker Weicheivater.

Und kaum schwirrte mir das Wort Liebe durch den Kopf, da musste ich auch schon an Nelly denken und daran, wie megalächerlich ich mich mit meinem kindischen Verhalten gemacht hatte.

Zum Glück blieb mir keine Zeit mich länger abgrundtief zu schämen, denn ein eigenartiges Gemurmel zog sich durch die Reihen der Wartenden und dann ging es vorwärts. Also: Nicht *wir* gingen vorwärts, sondern die Menge und wir notgedrungen mit ihr.

»Die Check-in-Schalter sind geöffnet!«, rief Linda uns noch zu, bevor sie von uns abgedrängt wurde.

Pa kämpfte sich hinter ihr her und ließ Finn und mich einfach zurück.

»Hallo? Pa? Ich bin's, dein Sohn. Und ich bin noch minderjährig und kann leicht entführt werden. Ganz besonders inmitten so einer wild gewordenen Horde!«, hätte ich ihm am liebsten hinterhergerufen.

»Am schlimmsten sind die Rentner«, stöhnte Finn direkt hinter mir und krallte seine dürren Finger in meine Jacke. »Die wollen immer überall zuerst sein. Haben wohl Angst, dass ihnen die Zeit zu knapp wird.«

Neben uns empörte sich eine graulila dauergewellte ältere Frau. »Unverschämter Bengel! Frechheit!«

Ich nickte zustimmend. »Der weiß einfach nicht, was Benehmen ist.«

Die Dauerwelle hob die Augenbrauen und musterte mich skeptisch. »Wo sind denn eure Eltern?«

Ich seufzte tief. »Meine Mutter ist im Himmel und mein Vater ist mit einer blonden Schwedin abgehauen und hat mich und ihren unehelichen Sohn zurückgelassen«, jammerte ich so überzeugend, dass die Frau sich entsetzt ihr Spitzentaschentuch vor den Mund presste.

»Um Himmels willen!«

Ich nickte schwach. »Ja, es ist wirklich schrecklich, denn meine Oma möchte auch nichts mehr mit uns zu tun haben und mein Ziehvater hat uns verboten ihn anzusprechen.«

»Das ist ja barbarisch«, fand die Frau und blickte sich suchend in der Menge um. »Ich werde gleich mal nach unserem Reiseleiter Ausschau halten, damit er die Polizei verständigen kann.«

»Nicht nötig«, wiegelte ich ab und schniefte herzzerreißend. »Wir sind auf dem Weg nach Norwegen. Dort haben wir an einem Fjord eine kleine Hütte, in der wir zukünftig leben werden.«

Finn verpasste mir einen leichten Knuff in den Rücken und kicherte leise.

»Ganz allein?«, fragte die Frau noch eine Spur fassungsloser.

Ich nickte.

Dann stand plötzlich Pa vor uns. Keine Ahnung, wie er das geschafft hatte.

»Wo bleibt ihr denn?«, schnauzte er uns an.

»Kennst du diesen Mann?« Die Dauergewellte musterte meinen Pa misstrauisch von oben bis unten.

Ich hob die Schultern. »Kennen ist zu viel gesagt.«

»Wie bitte?« Pa bekam untertassengroße Augen. »Natürlich kennt er mich. Ich bin sein Vater!«

»Aha«, sagte die Frau gedehnt und wandte sich an mich. »Der mit der schwedischen Blondine?«

Ich deutete ein Nicken an und Pa rief noch einmal laut: »Wie bitte?«

»Dass Sie sich nicht schämen! Anstatt an Ihr eigenes widerliches Vergnügen zu denken, sollten Sie sich lieber um diese armen Kinder kümmern und sie nicht in irgend so eine Hütte abschieben. Igittigitt, was gibt es doch für abscheuliche Menschen.«

Im Umkreis von mindestens zehn Metern richteten sich sämtliche Augenpaare auf Pa, der inzwischen sein typisches rot geschecktes Feuerquallenmuster im Gesicht hatte.

»Ähm … Unsinn, d-das muss ein Missverständnis sein«, stammelte er.

Ich drehte mich kurz zu Finn um. Er platzte fast, so angestrengt versuchte er sich das Lachen zu verkneifen. »Pssst, halt bloß die Klappe«, warnte ich ihn grinsend.

Dann wandte ich mich wieder um und schaute traurig in die wässrigen Augen der graulila Dauerwelle. »Sie dürfen nicht so streng mit ihm sein. Er kann nichts dafür. Die Hormone sind schuld«, sagte ich so leise, dass Pa es nicht hören konnte.

Als wir eine halbe Stunde später zu viert oben auf dem Sonnendeck standen und staunend mit ansahen, wie die *Fantastic Magda* langsam den Kieler Hafen verließ, glühte Pa noch immer wie Tomatenpüree.

»Ich weiß überhaupt nicht, was diese Frau von mir wollte. Eine Unverschämtheit war das. Und dann auch noch den Sicherheitsdienst zu verständigen. Ich ... «

Linda fiel ihm nachsichtig lächelnd ins Wort: »Ach, Bärchen, nun reg dich doch nicht mehr darüber auf. Vielleicht hat die Frau dich mit jemandem verwechselt. Oder sie war ein wenig verwirrt.«

»Genau, auf mich hat sie auch einen äußerst verwirrten Eindruck gemacht.« Finn zwinkerte mir zu.

Ich nickte. »Die war durchgeknallt. Eindeutig. Können wir uns jetzt endlich mal die Zimmer ansehen?«

»Kabinen!«, verbesserte mich Finn.

Klar doch. Mister Oberprofessor wusste es wieder besser.

»Dann eben Kabinen, du Gurke«, fauchte ich.

»Rick!«, motzte mein Vater. »Die Gurke nimmst du sofort zurück.«

»Ich denk...« Ich stockte und tat etwas, das ich sonst nur von unserer Susi Sonnenschein kannte: Ich klatschte begeistert in die Hände.

HILFE!!!

»Was ist?« Pa war meinem irren Blick gefolgt.

»D-da ... d-dort ...« Es war, als würde ich seit Tagen ohne Wasser durch die Wüste geistern. Das musste eine Fata Morgana sein. Nein, sieben Fata Morganas!

»Was hast du denn plötzlich, Rick?«, wollte jetzt auch Linda wissen.

»Da-da … da-da …«

»Drüben auf der anderen Seite des Sonnendecks stehen sieben Spieler der deutschen Eishockeynationalmannschaft«, übernahm Finn das Sprechen für mich.

Hä? Seit wann kannte Finn sich denn mit Eishockey aus?

»Echt?«, staunte Pa. »Die hätte ich ohne Helm nie erkannt.«

Blödsinn. Der hätte die auch *mit* Helm nie erkannt.

»Toll«, freute sich Linda. »Dann lauf doch mal rüber, Rick, und lass dir Autogramme geben.«

Ich schüttelte den Kopf. »Quatsch, die kann man doch nicht einfach so ansprechen.«

»Juchhu, hallo, Sie da! Der kleine Mann hier ist ein großer Eishockeyfan«, rief die irre Linda quer übers Deck und fuchtelte dabei wild mit den Armen in der Luft herum.

»Bist du verrückt?!«, schrie ich entsetzt. »Du-du … kannst doch nicht …«

Ich warf den sieben Nationalspielern einen letzten ehrfürchtigen Blick zu, dann stürmte ich davon, riss die Tür zum Treppenhaus auf und rannte zielstrebig auf die Fahrstühle zu.

Hinter mir hörte ich Linda keuchen: »Wo willst du denn auf einmal hin?« Und Pa: »Bei den Fahrstühlen bleibst du aber stehen!«

Als sich endlich eine der sechs Fahrstuhltüren öffnete, hatten Linda und Pa mich eingeholt.

»Sag mal, geht's noch?«, regte mein Vater sich auf. »Du kennst doch nicht einmal eure Kabinennummer.«

Finn war inzwischen auch bei uns angekommen.

»Eure?«, fragte er seltsam alarmiert. Doch ich stand noch unter Schock und konnte mir deshalb darüber keine Gedanken machen.

Wenig später wusste ich allerdings, warum Finn so bestürzt geklungen hatte. Unser durchgeknalltes Turteltaubenpärchen war doch tatsächlich davon ausgegangen, dass Finn und ich uns dieses Loch teilen würden.

Jawohl: Loch!

Von wegen Traumschiff. Die Kabine war zwergenhaft. Nein, noch viel winziger als zwergenhaft. Minililiputanerzwergenhaft! Der größte Teil der Dunkelkammer (Innenkabine – keine Fenster!) war durch ein mausekleines Doppelbett (!) belegt. Direkt daneben befanden sich ein Einbauschrank und eine Kommode. Und seitlich in der Ecke führte eine schmale Tür ins Badezimmer.

Finn sprach aus, was ich dachte: »Ist das die Kabine von Schneewittchens sieben Zwergen?«

»Jetzt stellt euch mal nicht so an«, winkte Linda ab. »Wir bleiben doch nur eine Nacht an Bord. Morgen um elf sind wir schon in Oslo.«

»Das könnt ihr vergessen!«, weigerte ich mich standhaft. »Dann schlaf ich lieber im Auto.«

»Auf keinen Fall!«, sagte Pa. »Das Betreten des Autodecks ist während der Fahrt streng verboten. Komm bloß nicht auf dumme Gedanken.«

»Aber hier drinnen ersticke ich!«, rief ich und tat mir selbst unglaublich leid.

»Red keinen Unsinn!« Pa blieb hart. »Unter der Zimmerdecke befindet sich ein Frischluftgebläse.« Damit wandte er sich an Linda und zwitscherte vergnügt: »So, Schatzi, dann wollen wir uns mal *unser* Nest anschauen.«

Linda kicherte albern und küsste ihn vor unseren Augen direkt auf den Mund. Pa legte seine Hände auf ihre Hüften und zog sie ganz nah an sich heran.

Boah, wie abartig! Ich schüttelte mich vor Ekel, flüchtete schnell in den Zwergenzwinger und knallte die Tür hinter mir zu. Finn schaute mich irritiert an.

»Gleichzeitig stehen ist leider nicht möglich.«

»Hä?«

»Na ja, entweder stehst du oder ich. Ansonsten haben wir Körperkontakt.«

Ich zuckte resignierend mit den Schultern und ließ mich einfach fallen – natürlich direkt aufs Bett. Eine andere Möglichkeit gab es ja auch nicht.

Finn verschwand aufs Klo, und ich kotzte innerlich, als klar und deutlich seine Pinkelgeräusche zu hören waren und anschließend ein knatternder Furz.

War ich hier bei der versteckten Kamera, oder was?!

Ich sprang wieder auf und war mit dem nächsten Schritt aus der Kabine rausgejumpt. Gerade noch rechtzeitig, um zu sehen, wohin sich unsere Liebeskranken verzogen. Ich sprintete hinterher und hatte meinen Fuß in der Tür, bevor Pa sie schließen konnte.

»Das glaube ich jetzt nicht«, ächzte ich und schaute mich mit großen Augen um.

Außenkabine mit riesigem Bullaugenfenster. So groß wie ein Palast – na ja, ein Zwergenpalast, aber immerhin mindestens viermal so groß wie die Dunkelkammer, in der ich mit Finn hausen sollte.

»Und uns schickt ihr in so ein Loch.«

»Aber ihr habt doch auch einen Fernseher«, verteidigte sich Linda.

»Pah, von wegen. Du sagst immer, dass zu viel fernsehen schädlich ist und ich lieber an die frische Luft gehen soll«, schlug ich sie mit ihren eigenen Waffen.

Pa schob mich einfach aus der Kabine. »Mach kein Drama daraus, Rick.«

Fassungslos stand ich vor der geschlossenen Tür und wusste nicht, ob ich explodieren oder in Selbstmitleid versinken sollte. Da bemerkte ich, wie eine dunkle Gestalt mit hochgeschlagenem Jackenkragen den Gang entlanghuschte. Kein Zweifel, das war Wutz!

»Hey, Sie da!«, rief ich. Ich musste ja so tun, als ob ich ihn nicht kannte.

Wutz schaute kurz zu mir herüber, zeigte mir einen Vogel und eilte dann in die andere Richtung davon.

Ich sprintete hinter ihm her.

Der Gang war lang und Wutz war echt schnell. Aber ich war jung und extrem verzweifelt und hatte ihn eingeholt, noch bevor er seine Chipkarte ins Schloss der Kabinentür schieben konnte.

»Was soll das?«, keuchte ich leise und fügte dann der Tarnung wegen lauter hinzu: »Ich wollte *Sie* nur etwas fragen. Auch wenn ich *Sie* überhaupt nicht kenne.«

»Hau ab, los!«, knurrte Wutz. »Sonst vergesse ich meine gute Erziehung.«

Von wegen Erziehung, der hatte gar keine!

»Wutz, du musst mir helfen«, flüsterte ich. »Ich soll mit Finn in einer Minikabine pennen – im Doppelbett! Du musst mit Pa reden, bitte, ich ersticke!«

Blitzschnell hatte Wutz meinen Kragen gepackt und zischte mir mit oberfieser Agentenstimme zu: »Wenn du nicht sofort abhaust, dann erstickst du wirklich gleich. Und zwar hier!« Damit ließ er mich los, schaute sich hektisch um und verschwand in seiner Kabine.

Ich starrte einen Moment verdattert auf die Tür. Dann schleppte ich mich zurück ins Loch, wo Finn zum Glück das Klo verlassen hatte und mittlerweile auf dem Bett saß.

»Wo warst du?«

»Sind wir jetzt siamesische Zwillinge, oder was?«, regte ich mich auf. Aber dann erzählte ich es ihm doch …

»Und die haben echt die Luxuskabine mit doppeltem Bullaugenfenster?«, fragte Finn.

Ich nickte.

»Und Wutz wollte dich tatsächlich erwürgen?«

Wieder nickte ich.

»Schrecklich, das ist ja echt fies«, fand Finn.

Noch einmal nickte ich. »Wäre ich bloß mit der Dauerwelle mitgegangen«, überlegte ich laut.

7

WIE FINDEST DU DAS LEBEN AN BORD, RICK?
BLÖD.
ICH DACHTE, DU MAGST SEEREISEN?!
?!
NÖ.
HMPF!
?
WÜRG!
ACH, IRGENDWIE GEFÄLLT ES MIR DOCH!
KOTZ!

Pa und Linda – auch *das Verräterpärchen* genannt – lagen glücklich und zufrieden auf dem Sonnendeck und hielten Händchen.

Drei Reihen vor ihnen entdeckte ich Mary samt Helena.

Spontan beschloss ich zur anderen Seite überzulaufen. Mein verächtlicher Blick, den ich den beiden im Vorbeigehen zuwarf, verfehlte allerdings seine Wirkung, weil die zwei mal wieder rumknutschten. Pa hing an Lindas Lippen, als ob er sich in einen Blutegel verwandelt hätte.

Uuuärghs!

»Kann ich mich zu dir setzen?«, flehte ich meine Oma an.

In Marys Gesicht ging kurz die Sonne auf, aber sofort schoben sich ein paar dicke Wolken davor. »Tut mir leid, Rick, ich möchte mich an unsere Abmachung halten.«

»Das ist doch nicht *meine* Abmachung. Ich habe nichts damit zu tun.«

Mary schüttelte den Kopf. »Stimmt. Aber dein Vater und Linda möchten es so und das respektiere ich.«

Ich holte tief Luft und schaute verzweifelt zum Himmel – na ja, eigentlich nur zu dem schmalen Deck, das sich über uns befand – und entdeckte Wutz. Er starrte wie gebannt auf eine Gruppe Männer hinab, die sich um die Bar auf dem Sonnendeck versammelt hatte und sich lachend unterhielt.

Die Eishockeynationalspieler! Meine Idole! Jeder einzelne von ihnen! Was die hier wohl machten? Vielleicht einen Motivationsausflug nach Oslo? Konnte gut sein.

Schließlich hatte ich neulich in einem Sportmagazin gelesen, dass das Team der deutschen Fußballnationalelf regelmäßig Ausflüge unternahm, um den Zusammenhalt in der Mannschaft zu stärken. Warum sollte das beim Eishockey anders sein?

Ich zählte … okay, es waren nicht annähernd alle Spieler des aktuellen Kaders, aber immerhin vierzehn. Darunter die drei Spieler der *Hannover Scorpions* und die beiden *Hamburg Freezers*.

Oben auf dem halben Deck steckte sich Wutz gerade eine Zigarette zwischen die Lippen. Ich schlug fast hintenüber.

HÄ? Wutz hat doch in seinem ganzen Leben noch nicht geraucht! »Rauchen ist was für Typen, die stinken und sich die Lunge zuteeren wollen«, war einer seiner Lieblingssprüche.

»Er raucht«, murmelte ich völlig perplex.

Mary wandte kurz den Kopf und drehte sich dann ruck, zuck wieder um. »Starr ihn nicht so an. Du weißt doch, dass er in einem Fall ermittelt«, zischte sie mir vorwurfsvoll zu.

»Aber er qualmt wie ein Schornstein.«

»Das gehört bestimmt zu seiner Tarnung«, meinte Mary und gab mir mit der Hand ein Zeichen, dass ich mich verziehen sollte. »Jetzt geh endlich wieder zu deinem Vater und Linda. Nicht, dass die am Ende noch behaupten, ich hätte dich beeinflusst.«

Ich schaute verzweifelt zu Wutz hoch, der mich jetzt ebenfalls entdeckt hatte und mir einen vielsagenden und extrem bedrohlichen Blick zuwarf, bevor er sich quasi vor meinen Augen in Luft auflöste. Okay, er wurde nicht plötzlich unsichtbar oder so, er ging einfach nur ein paar Schritte zurück und verschwand aus meinem Sichtfeld.

»Mary, bitte …«, unternahm ich einen letzten Versuch. Aber sie schaute stur in ihre Zeitschrift und tat so, als ob ich Luft sei. Mir blieb nichts anderes übrig, als mit hängendem Kopf davonzuschleichen.

»Rick, setz dich doch zu uns«, zwitscherte Linda mir vergnügt entgegen.

»Keinen Bock«, maulte ich.

»Dann erkunde doch das Schiff«, schlug Pa vor. »Hier gibt es eine Menge zu sehen.«

Ich hob gleichgültig die Augenbrauen.

»Oder möchtest du dir drüben an der Bar ein Eis kaufen? Dann kannst du Linda und mir gleich was mitbringen.«

Typisch mein Pa, denkt mal wieder nur an sich.

»Bringst du mir auch eins mit?«, fragte Finn und ließ sich auf die Liege neben Linda plumpsen. »Also, mal abgesehen von der Minikabine, ist das Schiff wirklich gigantisch«, plapperte er begeistert in Pas und Lindas Richtung.

»Ich wusste doch, dass es dir gefallen wird«, freute sich Linda-Schatzi. Und Pa fügte nicht weniger breit grinsend hinzu: »Warte erst einmal, bis das Buffet eröffnet ist. So etwas hast du bestimmt noch nie gesehen – und gegessen.«

Finn zog ein dickes Buch (was auch sonst!) aus seiner peinlichen Schultertasche hervor. »Hab ich alles schon gelesen«, erklärte er und tippte auf den Einband.

Pa wirkte ehrlich überrascht. »Wie, in deinem Buch steht was über das Essen an Bord?«

Finn nickte und Pa warf Linda einen misstrauischen Blick zu. Die wurde plötzlich ganz nervös und kicherte albern. »Schaut mal da drüben. Mit so einem fantastischen Segelboot wäre ich auch gern mal unterwegs.«

Doch Pa fiel ausnahmsweise nicht auf ihre Masche rein.

»Linda, warum hat Finn ein Buch über die *Fantastic Magda*? Und zwar eins, das er schon komplett durchgelesen hat?«

Linda hob unschuldig die Schultern.

»Wir waren uns doch einig, dass die Reise eine Überraschung werden sollte.«

Erneut zuckte Linda mit den Schultern. »Finn ist aber gern vorbereitet und da wollte …«

»Das ist ja wohl der Hammer!«, platzte es aus mir heraus. »Mich schön doof halten und Superfinn ein Buch schenken, damit er mit seinem *unglaublichen Wissen* auch ordentlich auf die Kacke hauen kann.«

Finn starrte mich an, als ob ich ihm seinen Bananenbrei weggefressen hätte. »Hättest du das Buch denn gelesen?«

Natürlich nicht. Aber darum geht es doch gar nicht, du Obergurke!, dachte ich.

»Ach, texte mich nicht zu!«, fauchte ich ihn an, weil mir nichts Besseres einfiel. Ich hatte mal wieder das Gefühl, dass mich keiner von denen ernst nahm. Nicht einer!

Obwohl mein Pa diesmal wirklich unschuldig zu sein schien, so finster, wie er Linda anglotzte.

Vielleicht trennen sie sich ja wieder?, schoss es mir plötzlich durch den Kopf.

Bestimmt war mein Vater jetzt so enttäuscht und verletzt, dass er es nicht eine Sekunde länger mit diesem hinterhältigen Linda-Schatzi aushielt. Das würde bedeuten, dass ich heute Nacht in Pas Kabine schlafen könnte und Linda sich stattdessen zu Finn in die Zwergendunkelkammer quetschen musste. Und was noch viel besser war: Dieser Quatsch mit Patchworkfamilie und Friede, Freude, Eierkuchen würde endlich ein Ende haben. Es hatte sich nämlich ausgelindat!

Ich rieb mir die Hände und strahlte Pa hoffnungsvoll an. »Neben Mary sind noch zwei Liegen frei.«

Doch mein Vater beachtete mich gar nicht. Er ergriff Lindas Hand und säuselte schwachsinnig: »Schatzi, das war aber nicht fair.«

Und Linda flötete ebenso albern zurück: »Bärchen, sei bitte nicht böse. Ich muss schließlich auch an Finn denken und der mag nun mal keine Überraschungen.«

Pa beugte sich zu seiner falschen Linda-Schlange hinüber und – schlabberte sie schon wieder ab.

Würg! Brech! Kotz!

Ging es eigentlich noch abartiger? Die waren uralt und knutschten ständig in der Öffentlichkeit rum.

Ich stampfte wütend mit dem Fuß auf. »Verräter!«, motzte ich meinen Vater an und rannte davon.

Und während ich so über das Sonnendeck sprintete, haarscharf an meinen Eishockeyidolen vorbei, fiel mir auf, dass ich in letzter Zeit ständig vor irgendetwas davonlief. Und das fühlte sich echt nicht gut an.

Pünktlich um sechs standen wir in einer elend langen Schlange vorm Speisesaal an. Eigentlich hatte ich dem Verrätertrio den Stinkefinger zeigen und im Minikabuff bleiben wollen. Doch dann hatte mein Magen dermaßen zu knurren begonnen, dass ich schließlich – demonstrativ schweigend – mit ihnen mitgestapft war.

»Ich werde mich einmal durch das ganze Buffet futtern«, meinte Pa und rieb sich voller Vorfreude auf das angeblich so gigantische Essen den Bauch.

»Ganz besonders delikat soll das Meeresfrüchte-Buffet sein«, erklärte Mister Oberbesserwisserpopel.

Pa leckte sich genüsslich die Lippen. »Schatzi, Meeresfrüchte isst du doch auch, oder?!«

Linda sah irgendwie grün im Gesicht aus und schüttelte für ihre Verhältnisse recht verhalten den Kopf. »Ich bin Vegetarierin, schon vergessen?!«, sagte sie vorwurfsvoll.

»Natürlich nicht, Schatzi, ich dachte nur, bei Fisch könntest du mal eine Ausnahme machen«, erklärte Pa eingeschüchtert und wandte sich dann wieder Finn zu. »Was hast du über das Nachspeisen-Buffet gelesen? Gibt es auch Crème brulée? Oh, dafür könnte ich glatt morden …«

Nimm Linda! Oder Gurken-Finn!, hätte ich ihm gern vorgeschlagen.

Finn nickte. »Im Buch steht, dass ein Koch sie sogar für jeden Gast höchstpersönlich flambiert.«

»Echt? Dann pass schön auf, Philipp, dass er dich nicht gleich mit abfackelt.«

Wie auf Kommando drehten wir uns alle um.

»Wutz!«, rief ich begeistert.

»W-was, w-wie …?«

Wutz legte Pa grinsend die Hand auf die Schulter. »Ganz ruhig, Brauner. Falsche Fährte. Der Einsatz wurde abgebrochen. Erkläre ich dir später in Ruhe.«

Dann wandte er sich an Linda. »Sag mal, bist du meinetwegen so grün?«

»Bestimmt nicht«, würgte sie leise hervor.

In diesem Moment durften wir endlich den riesigen Speisesaal betreten.

»Es tut mir leid«, erklärte uns ein uniformierter Kellner. »Aber ich habe nur noch einen größeren Tisch frei und dort sitzt bereits eine Dame. Das stört Sie doch nicht, oder?«

Pa schüttelte ungeduldig den Kopf. »Kein Problem.«

Der Kellner nickte und forderte uns auf ihm zu folgen.

Die Dame am Tisch war Mary. Und als sie uns sah, wurde sie knallrot im Gesicht. »Was soll das?«, giftete sie Pa an.

»Ähm … Zufall«, erklärte er.

»Marymaus, endlich kann ich dich wieder an meine breite Brust drücken«, freute sich Wutz und zog die verdatterte Mary in seine Arme. Helena begann sofort zu knurren und Wutz ließ meine Oma schnell wieder los.

»Aber … aber … du bist doch im Einsatz …«, stotterte Mary, während sie Helena beruhigend den dicken Schädel tätschelte.

»Wurde abgeblasen. Wir haben uns geirrt. Ich hätte mich auch mit dem Motorboot von der Küstenwache zurückschippern lassen können. Aber dann dachte ich mir, ich bleibe noch ein bisschen bei euch. Ich hab ja ganz schön gestaunt, als ich euch heute Mittag alle in der Wartehalle entdeckt habe. Warum habt ihr mir nichts davon gesagt? Und wer passt solange auf Gismo auf?«

Allein die Erwähnung des verhassten Katers ließ Helena schrill aufjaulen.

»Das ist eine lange Geschichte«, beeilte sich Mary Wutz zu erklären. »Und wenn ich ehrlich bin, dann habe ich jetzt keine Lust darüber zu reden. Nur so viel, dein Kater ist versorgt.«

Wutz schaute sie einen Moment nachdenklich an, dann nickte er. »Okay. Du kannst mir ja später alles bei einem Cocktail in der Bar erzählen. Wenn Helena im *Hundebettchen* ist.«

»Leute, ich habe Hunger!«, rief Pa und stürmte in Richtung Buffet davon. Finn folgte ihm. Das dritte Mitglied des Verrätertrios hockte sich unterdessen an den Tisch und starrte angestrengt auf die weiße Tischdecke.

»Susi Sonnenschein, magst du nichts essen? Es gibt bestimmt auch jede Menge Zeugs für Körnerqueens.«

»Wutz, bitte lass mich einfach in Ruhe«, brummte sie und bedachte ihn mit einem finsteren Blick, der so gar nicht zu Strahlebackenlinda passen wollte.

»Hammer«, meinte Pa, als er und Finn kurz darauf mit voll beladenen Tellern zurückkamen. »Das Buffet ist der absolute Wahnsinn.« Während er sich den ersten Bissen in den Mund stopfte, ließ Linda neben ihm den Kopf auf die Tischplatte sinken.

»Linda, um Himmels willen, was hast du denn?«, rief Pa kauend.

»Ich kann nicht mehr«, jammerte sie. »Mir ist so schlecht. Bitte, Philipp, bring mich in unsere Kabine. Ich schaffe das nicht allein.«

Pa warf einen sehnsüchtigen Blick auf die Köstlichkeiten vor ihm, nickte dann kummervoll und führte die schwankende Linda aus dem Speisesaal.

»Sollen wir euch begleiten?«, rief Wutz scheinheilig hinterher.

Pa drehte sich um und schüttelte den Kopf. Seine Augen sprachen Bände und ich freute mich, dass es doch noch so etwas wie Gerechtigkeit gab.

»Arme Linda«, fand Mary.

»Ich glaube, für Philipp ist es viel schlimmer«, erwiderte Wutz schadenfroh und zwinkerte mir zu.

Nach dem Essen brachte Mary Helena in die Kabine und wir schlenderten zu viert über die Decks. Irgendwann landeten wir mitten in der Shopping-Meile und ich schaute mich beeindruckt um. Kaum zu glauben, dass wir uns noch auf einem Schiff befanden!

Finn kaufte jede Menge Bücher über Norwegen (war ja klar), Mary jede Menge Schnickschnack und ich eine Postkarte.

»Für Nelly?«, flüsterte Wutz mir beim Verlassen des Geschäfts zu.

Ja, verdammt!, hätte ich fast erwidert. Ich hatte immer noch voll das schlechte Gewissen, weil ich Nelly so blöd vorm Eisstadion hatte stehen lassen. Aber dass dieser Kerl mich gleich wieder durchschauen musste, ging mir wirklich auf die Nerven!

»Einige Spieler der Eishockeynationalmannschaft sind an Bord«, wechselte ich schnell das Thema.

Wutz nickte ernst. »Ich weiß.«

»Stimmt ja, du hast sie vorhin beobachtet.«

Wutz winkte ab. »Fälschlicherweise. Wir haben uns geirrt.«

»Geirrt? Womit denn?«, bohrte ich nach.

Wutz verzog gequält das Gesicht. »Rick, du weißt doch, das ist topsecret. Ich darf nicht darüber reden.«

So schnell wollte ich nicht aufgeben. Und schon gar nicht, wenn es um meine Idole, die besten Eishockeyspieler Deutschlands, ging. »Aber du hast gerade gesagt: *fälschlicherweise.* Kannst du mir nicht wenigstens verraten, was *das* zu bedeuten hat?«

Wutz seufzte tief.

»Wir haben den Hinweis bekommen, dass jemand, den wir schon lange dingfest machen wollen, auf der *Fantastic Magda* ein Geschäft abwickeln will. Deshalb bin ich an Bord gegangen, um die Person zu beschatten. Doch es hat sich herausgestellt, dass unser Informant einem Irrtum aufgesessen ist.«

Ich verstand nur Bahnhof. »Und was hat das zu bedeuten?«

Wutz schüttelte den Kopf. »Schluss jetzt, Rick. Themawechsel. Ich habe dir schon viel zu viel gesagt.«

»Aber …«

»Nichts aber«, fiel mir Wutz ins Wort. »Die Ermittlungen laufen noch und du vergisst das Ganze jetzt schnell wieder. Capito?!«

Ich wollte noch etwas erwidern, aber da kamen Mary und Finn auf uns zu und Wutz schlug vor in die Schiffsbar zu gehen.

Ich war noch nie im Leben in einer Bar gewesen und in so einer schon mal gar nicht.

Sie befand sich ganz vorn an der höchsten Stelle des Schiffs, war halbrund und hatte eine große Fensterfront. Wenn man sich davorsetzte, hatte man das Gefühl direkt über dem Meer zu schweben.

Eine blonde Frau spielte auf einem Klavier. Als wir an ihr vorbeigingen, hob sie kurz den Kopf und lächelte Wutz an.

»Kennst du die?«, fragte ich misstrauisch.

Es reichte vollkommen, dass ich meinen Vater an eine Blondine verloren hatte. Das musste Wutz ihm ganz bestimmt nicht nachmachen.

»*Noch* nicht.«

Wie er das *noch* betonte, ließ bei mir sämtliche Alarmglocken schrillen.

Kaum hatten wir uns hingesetzt, kam Pa in die Bar gehetzt.

»Gibt es hier was zu essen?«, fragte er und ließ sich neben Mary in den Sessel plumpsen.

Wutz schob ihm eine Schüssel mit Erdnüssen hin.

Pa schnappte sich die Getränkekarte und überflog sie hektisch. »Wie, nichts zum Beißen?«

»Dies ist eine Bar«, klärte Mary ihn auf und konnte sich ein Grinsen nicht verkneifen. »Das Buffet war übrigens erstklassig. Ich glaube, die nächsten drei Tage kann ich nichts mehr essen, so satt bin ich.«

Pa gab ein knurrendes Geräusch von sich. Keine Ahnung, ob es aus seinem Mund oder seinem Magen kam.

»Und die Crème brulée wurde wirklich am Buffet flambiert. So wie es in dem Buch steht«, meinte Finn.

Pa lächelte verkniffen und erklärte anschließend, dass er unten in der Einkaufsstraße nach etwas *Nahrhaftem* suchen wolle.

»Bleibt ihr den ganzen Abend hier?«, erkundigte er sich.

Wutz nickte. »Bis elf auf jeden Fall. Dann gehen Mary und ich vielleicht noch in die Disco.«

Pa hob erstaunt die Augenbrauen, sparte sich aber einen Kommentar und eilte aus der Bar.

»Habt ihr gehört, wie sein Magen geknurrt hat?«, freute sich Mary.

»Selber schuld«, fand ich.

Der Kellner kam und Wutz gab die Bestellung auf: für Finn und mich Fruchtcocktails und für sich und Mary Cocktails *mit ein paar Umdrehungen*, wie er es Mary gegenüber augenzwinkernd ausdrückte.

»Wutzi, du weißt doch, ich vertrage nichts«, zierte Mary sich.

Nach dem vierten Mit-ein-paar-Umdrehungen-Cocktail wusste ich, was meine Oma damit gemeint hatte.

Sie hockte neben der Klavierspielerin auf der Bank und sang lauthals und ziemlich schräg mit. Wutz schien das Ganze kein bisschen peinlich zu sein, denn er stand direkt daneben und strahlte abwechselnd Mary und die blonde Tussi an.

»Mir reicht's. Ich hau ab«, sagte ich zu Finn, als Mary damit anfing *Für mich soll's rote Rosen regnen* zu trällern und Wutz dazu tanzte.

Finn war hin- und hergerissen. »Wir können die beiden doch nicht alleinlassen. Wer weiß, was die sonst noch alles anstellen?«

»El Blödi, genau *das* will ich gar nicht wissen. Aber wenn es dich beruhigt, dann hol ich meinen Pa, damit der sich um sie kümmert.«

Finn nickte zerknirscht und ich sah zu, dass ich aus der Bar kam.

Als Pa mir die Kabinentür öffnete, motzte ich sofort los: »Warum bist du nicht zurückgekommen?«

Er hob entschuldigend die Schultern und nickte mit dem Kopf in Richtung Linda, die lang ausgestreckt auf dem Bett lag und komische Geräusche von sich gab.

»Ich wollte nur kurz nach ihr sehen, aber dann konnte ich sie unmöglich alleinlassen«, erklärte er mit gesenkter Stimme.

»Du musst dich um Mary und Wutz kümmern. Die sind in der Bar und benehmen sich voll peinlich«, murmelte ich ebenso leise.

Pa riss entsetzt die Augen auf, nickte dann aber. »Okay, du bleibst solange bei Linda.«

»Nö. Mach ich nicht.«

Pa starrte mich einigermaßen fassungslos an. »Was soll *das* denn nun schon wieder, Rick? Natürlich bleibst du bei ihr!«

Sein Ton duldete keinen Widerspruch und deshalb knurrte ich: »Aber du kommst so schnell wie möglich zurück oder schickst ihren halbschwedischen Popelsohn zum Babysitten her.«

Pa sah aus, als ob ihm gerade bewusst geworden wäre, dass er einige schwere Erziehungsfehler bei mir begangen hatte. Dann rannte er ohne ein weiteres Wort den schmalen Gang hinunter.

Leise zog ich die Tür hinter mir zu und setzte mich in den Sessel, der direkt vor dem großen Bullaugenfenster stand. Ich ließ Linda keine Sekunde aus den Augen. Doch entweder es ging ihr wirklich richtig schlecht oder sie konnte einfach nur gut schauspielern.

Oder war sie etwa tot?!

»Hallo, Linda. Lebst du noch?«, flüsterte ich sicherheitshalber.

Linda öffnete mühsam ein Auge und ich versuchte sie so gleichgültig wie möglich anzuschauen. Doch aus irgendeinem Grund schien das bei ihr gar nicht gut anzukommen. Sie schmiss sich stöhnend auf die andere Seite und brummte: »Hau ab!«

Alles klar, das war also der Dank dafür, dass ich meine kostbare Zeit damit verbrachte aufzupassen, dass sie nicht abkratzte, und bereit war ihr zur Not sogar einen Kotzkübel hinzuhalten.

»Freiwillig bin ich ganz sicher nicht hier«, stänkerte ich zurück.

Keine Reaktion.

Ich zählte innerlich bis zehn. »War 'ne echt blöde Idee mit der Urlaubsreise. Von mir aus können wir direkt wieder nach Hause fahren. Ich muss nicht mit euch durch Norwegen düsen und jetzt, wo es dir so schlecht geht, ist es bestimmt auch am besten, wenn wir gleich wieder umkehren.«

Linda drehte sich auf den Rücken und starrte an die Zimmerdecke. »Haaa … uuuaaah … fffuuuh … aaah …«, machte sie.

»Ich möchte dir ja nur dabei behilflich sein die Sache wieder in den Griff zu kriegen«, redete ich unbeirrt weiter. »Mary ist beleidigt, Wutz raucht heimlich, Finn ist traumatisiert, weil Mary mit der Klavierfrau komische Lieder singt und Wutz dazu tanzt, Helena muss in der Kabine bleiben, damit sie nicht wieder ohnmächtig wird, Pa schiebt Kohldampf und würde für irgend so eine *Creme brülle* glatt morden und du bist total grün im Gesicht und liegst stöhnend auf dem Bett. Was spricht also dagegen, dass wir die ganze Sache abblasen?«

Ich fand meine Argumente ziemlich überzeugend. Doch Linda schien das anders zu sehen. Sie sprang auf, packte mich am Kragen und zog mich aus dem Sessel.

»Kannst du nicht einfach akzeptieren, dass sich die Welt ausnahmsweise mal nicht nur um dich dreht, *Richard* Michalski?«

Ähm … hallo? *Mich* hatte ich gerade mit keinem Wort erwähnt!

Aber Linda sah ziemlich aggressiv aus, weshalb ich es für besser hielt nur eingeschüchtert zu nicken.

»Gut«, ächzte sie. »Dann lass mich jetzt in Ruhe. Du musst nicht neben meinem Bett sitzen. Es geht mir schon viel besser.«

In dem Augenblick, als sie sich wieder aufs Bett sinken ließ und weinerlich das Gesicht ins Kissen drückte, wusste ich, dass sie log.

Ich überlegte gerade, ob ich zum finalen Stoß ausholen und sie mit ihren eigenen Waffen schlagen sollte – *Rick, lügen ist was für unreife und ungefestigte Menschen* –, als es klopfte.

Ich stürmte zur Tür und riss sie schwungvoll auf.

»Wo ist mein Pa?«, knurrte ich Finn an.

Finn zog eine Grimasse, als ob er fiese Zahnschmerzen hätte. »Die Klavierfrau hat ihm was zu essen besorgt.«

»Ja und?«

Finn kam etwas näher und flüsterte: »Er sitzt am Tisch und isst und meinte eben, alles andere sei ihm jetzt erst mal egal.«

»Und was ist mit Mary und Wutz? Haben die sich wieder eingekriegt?«

In Finns Augen flackerte das pure Grauen auf.

»So schlimm?«, stöhnte ich.

Finn nickte. »Als ich gegangen bin, hat Wutz Klavier gespielt und Mary dazu auf dem Tisch getanzt.«

8

MACH DICH NICHT SO BREIT HIER!
RÜCK DU DOCH EIN STÜCK!
BÄM!
ICH SAGTE, MACH PLATZ!
DU BLÖDMANN! NA SCHÖN, DANN GEH' ICH EBEN!
JETZT HAT ER BESTIMMT EIN SCHLECHTES GEWISSEN UND HOLT MICH GLEICH ZURÜCK!
SCHNARCH!

Und wenn du denkst, schlimmer kann es nicht mehr werden, dann liegt da immer noch ein dürrer blasser Oberbesserwisserpopel neben dir im Bett und gibt nervige Pfeifgeräusche von sich, während das Schiff unentschlossen hin und her schwankt.

Im Zwergenkerker war es so finster, dass ich noch nicht einmal meine Hand sah, mit der ich verzweifelt versuchte Finns Hals zu ertasten, damit ich ihn erwürgen konnte.

Irgendwann bekam ich schließlich seine Nase zu fassen und drehte sie um.

»Aua! Bist du verrückt?«, brüllte er neben mir.

»Nö, aber du gleich tot«, versprach ich ihm.

Es schepperte und dann wurde es hell.

Warum findet der auf Anhieb den bekloppten Lichtschalter und ich nicht?, ärgerte ich mich.

»Einer von uns pennt ab jetzt auf dem Klo – und das bin ganz bestimmt nicht ich«, prophezeite ich Finn.

Der zuckte unbeeindruckt mit den Schultern. »Wer den Schaden hat, guckt so bedeppert, dass es sich nicht mehr lohnt ihn näher zu beschreiben.«

»Hä?«

»Die Abwandlung eines alten Sprichwortes.«

»Ach, halt doch die Klappe«, regte ich mich auf. »Was ist jetzt, gehst du freiwillig ins Miniklo oder muss ich nachhelfen?« Um ihm den Ernst der Lage zu verdeutlichen, fuchtelte ich mit den Fäusten direkt vor seiner Nase herum.

»Du kannst mich mal!«, keifte er frech zurück. »Meinst

du, mir macht das Spaß mit dir hier zusammen eingepfercht zu sein? Ich könnte mir für meine Ferien auch was Besseres vorstellen.«

Ich lachte verächtlich. »Was denn, deine Lesezeichen sortieren oder überflüssige Buchrezensionen schreiben?«

Finn verzog boshaft das Gesicht. »Stimmt, für dich wäre das ja nichts. Dazu fehlt dir nämlich die zweite Gehirnhälfte.«

Ich stürzte mich auf ihn, aber Finn war schnell – seit wann hatte der so ein Reaktionsvermögen? – und sprang zur Seite. Dabei achtete er jedoch nicht auf die Kommode und donnerte voll dagegen.

»Aua, verdammt«, jammerte er und rieb sich den Kopf.

Ich lachte, weil er dabei so dämlich aussah, doch Finn hatte sich scheinbar echt wehgetan. »Das ist nicht lustig! Kein bisschen. Das alles hier ist nicht lustig.« Seine Stimme drohte wegzukippen. So hatte ich Finn noch nie gesehen. In seinen Augen standen Tränen und seine Unterlippe zuckte verdächtig.

Er sprang vom Bett auf, schnappte sich seine Klamotten und knallte die Tür dermaßen laut hinter sich zu, dass ich mich nicht gewundert hätte, wenn sie aus den Angeln geflogen wäre.

Und dann war es still. Astrein still. Nur mein Herz war zu hören, das laut gegen meine Rippen hämmerte.

Den Hauch einer Sekunde überlegte ich, ob ich Finn hinterherlaufen sollte. Doch dann entschied ich mich dagegen und ließ mich seufzend aufs Bett zurücksinken.

Der rennt jetzt schön zu seiner Mami und lässt sich trösten, überlegte ich mir. Und die liest ihm eine Gutenachtgeschichte vor und dann ist wieder Friede-Freude-piep-piep-piep-wir-haben-uns-alle-lieb angesagt.

Ich schaltete das Licht aus und schloss die Augen.

Keine Ahnung, wie lange ich geschlafen hatte, als mich plötzlich eine eiskalte Hand am Unterarm fasste.

»Wach auf, schnell, Rick, wach auf!«

Ich träume. Fiese Albträume.

»Rick, verdammt noch mal, mach die Augen auf!«

Ich will aber nicht!

»WACH ENDLICH AUF!«

Wie angestochen schoss ich in die Höhe und starrte in Finns Gesicht, das noch weißer war als sonst.

»Sag mal, hast du den Schuss nicht gehört?«, regte ich mich auf.

Doch Finn presste mir mit unglaublicher Kraft die Hand vor den Mund. »Sei still. Es ist etwas passiert. Du musst mit mir kommen. Sofort!«

Die Panik in seinen Augen sah echt aus. Dennoch versuchte ich ihn in die Finger zu beißen.

»Lass mich los! Auf der Stelle!«, knurrte ich unter seiner Hand hervor.

»Hör mir einfach nur zu«, flehte Finn mich an.

Wieso? Warum sollte ich diesem Irren zuhören? Und wie spät war es eigentlich?

»Was willst du?«, seufzte ich schließlich.

Finn begann in unserer Kabine auf und ab zu rennen, was bei deren Größe echt eine Leistung war. »Ich habe im Auto auf dem Rücksitz geschlafen und …«

»Was hast du?«, fuhr ich hoch. »Mein Pa hat es doch verboten.«

Finn sah mich einen Moment spöttisch an. »Wo sollte ich denn hin, hm? Meinst du, ich lege mich zu deinem Vater und meiner Mutter ins Bett und höre ihnen beim Knutschen zu?«

Ich musste grinsen. »Nö, aber vielleicht hätten sie dir eine Gutenachtgeschichte vorgelesen.«

Finn ging nicht auf meinen Spott ein, sein Gesicht wurde sogar noch eine Spur ernster. »Das ist nicht der Zeitpunkt für Witze, Rick. Unten auf dem Autodeck brennt es.«

»Was?«

Finn nickte mit dem ganzen Oberkörper. »Im Lkw neben eurem Auto.«

»Und warum kommst du dann zu mir?«, wunderte ich mich. »Warum hast du nicht längst dem Kapitän oder irgendjemandem von der Besatzung Bescheid gesagt?«

Finn blickte schuldbewusst zu Boden. »Weil ich glaube, dass ich dann riesigen Ärger bekomme.«

»Was? Das wird ja immer besser. Bist du jetzt unter die Feuerteufel gegangen?«

Finn schüttelte den Kopf. »Unsinn. Aber es ist doch streng verboten, während der Fahrt das Autodeck zu betreten. Und außerdem hatte ich ja gar keinen Schlüssel für Philipps Auto …«

Ich stand komplett auf der Leitung.

»Na und? Sich nachts im Museum einsperren zu lassen ist auch streng verboten und du hast es trotzdem gemacht. Wo ist dein Problem?«

Finn sah jetzt richtig fertig aus. »Ach, verdammt, die letzten Tage sind so daneben verlaufen und wenn ich jetzt auch noch Ärger mache, dann … es ist einfach alles so … so bescheuert.«

»Erzähl endlich, was passiert ist!«

Finn nickte hastig. »Ich bin zum Auto runter und dann ist mir eingefallen, dass ich ja gar keinen Schlüssel habe. Und weil ich so hundemüde war, habe ich Philipps Auto einfach aufgeknackt. Dann bin ich eingeschlafen und plötzlich hat es laut geknallt und die Ladefläche des Lkws stand in Flammen.«

Ich hatte genug gehört. Egal, wie der Brand entstanden war oder woher Finn wusste, wie man ein Auto knackte, jetzt musste erst einmal gehandelt werden.

»Los komm, wir wecken meinen Vater.«

»Nein!« Finn hängte sich an meinen Arm wie ein Klammeräffchen. »Bloß nicht! Lass es uns erst allein versuchen«, bettelte er.

Ich schüttelte verwundert den Kopf. »Das glaube ich jetzt nicht. Einen IQ von mindestens 150 haben und so dumm sein? Spinnst du? Wie sollen wir denn allein ein Feuer löschen? Wir sind doch keine Feuerwehrleute. Da hilft es auch nicht, dass du vielleicht schon tausend Bücher darüber gelesen hast.«

»Habe ich überhaupt nicht«, klärte Finn mich in seinem üblichen Besserwissertonfall auf. »Literatur über Brände und die Arbeit der Feuerwehr hat mich noch nie interessiert.«

Ich schlug mir vor die Stirn. »Mensch, Junge, das war doch nur ein Beispiel. Jetzt hör auf zu labern und komm gefälligst mit.«

Ich schüttelte seine Hand ab und stürzte aus der Kabine. Finn hechtete mir hinterher.

Pa brauchte knapp fünf Minuten, um zu schnallen, dass wir wirklich vor ihm standen. Weitere fünf Minuten dauerte es, bis er sich angezogen und währenddessen Finn eine Standpauke über das Missachten von Verboten gehalten hatte.

»Außerdem kann es da unten gar nicht brennen«, meinte er schließlich. »Dann wäre doch längst der Alarm losgegangen. Ich schau mir das mal an.«

Wir flitzten den Gang entlang. Ich hatte meinen Finger schon auf dem Fahrstuhlknopf, als Pa den Kopf schüttelte. »Nein. Wenn es wirklich brennt, dürfen wir auf keinen Fall den Fahrstuhl benutzen.«

Also ab ins Treppenhaus und in null Komma nix von der sechsten Etage runter zum untersten Autodeck.

Keuchend steuerten wir auf unseren Wagen zu. Ich stellte mit einem Seitenblick zufrieden fest, dass Finns Kondition deutlich schlechter war als meine. Eishockeystürmer gegen Bücherwurm – 1:0!

Als wir um die Ecke bogen, blieb Pa sofort stehen. Schon von weitem konnte man sehen, dass der Lkw neben Pas Auto gewaltige Flammen schlug.

»Keinen Schritt weiter. Wir müssen hier sofort weg!« Pa wandte sich um und zog uns wieder mit sich in Richtung Treppenhaus. Direkt neben der Tür befand sich ein Feuermelder. Actionheldenreif schlug Pa mit der Faust die Glasscheibe ein und drückte den Knopf.

Nichts geschah.

Pa drückte ihn noch mal und noch mal. »Verdammt«, fluchte er.

»Und jetzt?«, fragte Finn mit ängstlicher Stimme.

»Irgendjemand von der Besatzung muss sich doch hier unten rumtreiben«, meinte ich.

Ratlos hob mein Vater die Schultern. »Schon komisch, dass bisher noch niemand etwas von dem Brand mitbekommen hat. Finn, du kennst dich doch mit dem Schiff aus. Wo genau befindet sich die Kommandobrücke?«

Finn überlegte kurz, rief »Zwölfter Stock!« und rannte auch schon los.

Keine Ahnung, wie viele Stufen wir hochgesprintet waren, bevor wir endlich im zwölften Stock ankamen und Pa irgendeinem Uniformierten von der Besatzung keuchend zurief: »Es brennt! Unten auf dem Autodeck steht ein Lkw in Flammen!« – Mir kam es jedenfalls so vor, als ob wir eine halbe Ewigkeit durchs Treppenhaus nach oben gehetzt waren. Meine Oberschenkel brannten wie verrückt. Wenn ich auch nur noch eine einzige weitere Stufe nehmen müsste, würden mir die Beine einfach abfallen, so viel war sicher.

Sofort rief der Staffkapitän unten im Maschinenraum an und erhielt Minuten später die Rückmeldung, dass das Feuer sich mittlerweile ausgebreitet hatte. Prompt wurde der Generalalarm ausgelöst.

Uns beachtete erst mal niemand mehr. Um uns herum wuselten die Crewmitglieder hin und her und wir standen da wie bestellt und nicht abgeholt.

»Begeben Sie sich jetzt bitte mit Ihren beiden Söhnen zu den Rettungsbooten auf Deck zwei. Befolgen Sie dort die Anweisungen der Crew«, wandte sich der Staffkapitän schließlich wieder an Pa.

»Aber meine Frau … Linda …«, stammelte mein Vater leicht panisch. »Ich muss sie verständigen. Sie schläft noch in der Kabine.«

»Und Mary und Wutz?«, rief ich dazwischen. »Denen müssen wir doch auch Bescheid sagen.«

Der Staffkapitän hob beschwichtigend die Hände. »Bleiben Sie ganz ruhig und folgen Sie unseren Anweisungen. Ihre Familie ist längst durch den Alarm geweckt worden und befindet sich wahrscheinlich schon auf dem Weg zu den Rettungsbooten. Außerdem sind auf jeder Etage Crewmitglieder unterwegs und achten darauf, dass niemand mehr in den Kabinen ist.«

Pa nickte. Doch kaum hatten wir die Kommandobrücke verlassen, redete er beschwörend auf uns ein. »Ihr beide geht jetzt sofort zu den Rettungsbooten. Ich hole Linda.

Sie hat vorhin eine Schlaftablette genommen und hat bestimmt von all dem hier nichts mitbekommen.«

»Du musst auch nach Wutz und Mary schauen, denen ging es doch auch nicht so gut, wegen der vielen Cocktails. Oder soll ich das machen?«, schlug ich vor.

»Auf keinen Fall!« Pa bekam schon wieder hektische Flecken. »Du gehst mit Finn sofort zu den Rettungsbooten. Hast du verstanden, Rick, keine Alleingänge!«

Ich nickte, obwohl mir nicht ganz wohl dabei war.

Diesmal waren das Treppenhaus und die Gänge nicht menschenleer. Ganz im Gegenteil, überall rannten Leute herum, größtenteils noch im Schlafanzug oder Morgenmantel.

»Bleiben Sie ganz ruhig. Dies ist nur eine Vorsichtsmaßnahme. Bestimmt können Sie schon bald wieder zurück in Ihre Kabinen gehen«, hörte man die Mitglieder der Besatzung überall auf ängstliche Passagiere einreden.

Auf Deck zwei ging es nicht weniger hektisch zu. Ich schaute mich suchend nach Mary und Wutz um, konnte aber keinen von ihnen entdecken. Dafür kam Linda auf Finn und mich zugeeilt.

»Gott sei Dank«, rief sie erleichtert und zog Finn in ihre Arme. Mit mir wollte sie das Gleiche machen, aber ich konnte ihr gerade noch ausweichen.

»Wo ist Pa?«

Linda erstarrte. »Warum? Ist er nicht bei euch?«

Ich schüttelte den Kopf. »Nein, er wollte dich holen, weil er dachte, du würdest den Alarm nicht hören.«

»Um Himmels willen, hoffentlich ist er nicht in Gefahr!«, kreischte Linda hysterisch los.

Finn versuchte sie zu beruhigen. »Bestimmt ist das Feuer längst gelöscht.«

»Alles klar, ich geh ihn suchen«, beschloss ich derweil.

Linda hielt mich am Ärmel fest. »Nichts da!«

Ich wollte ihre Hand abschütteln, doch Linda schien heimlich mit Hanteln trainiert zu haben, ihr Griff war wie aus Stahl.

»Ey, lass mich los!«, meckerte ich.

»Wir drei bleiben schön hier und warten auf ihn. Dein Vater ist Polizeibeamter. Oberkommissar. Um den brauchst du dir bestimmt keine Sorgen zu machen.«

Hä? Hatte die 'ne Schraube locker? Wer hatte hier denn gerade rumgeflennt, sie oder ich?!

»Da kommt Wutz!«, rief Finn aufgeregt.

Ich drehte mich um (so weit Lindas Angebergriff es zuließ).

»Gerade hatte ich mich hingelegt«, regte Wutz sich auf.

Linda starrte ihn fassungslos an. »Ist das dein einziges Problem?«

Wutz kratzte sich umständlich am Hinterkopf und dachte angestrengt nach. Besonders intelligent sah er dabei nicht gerade aus. »Okay, die Cocktails machen mir auch noch ein bisschen zu schaffen«, gab er zu.

Lindas Gesicht bekam einen ziemlich verkniffenen Ausdruck. »Sag mal, bist du etwa betrunken? Das ist ja wohl so etwas von verantwortungslos, da fehlen mir glatt ...«

Weiter kam sie nicht, weil mein Vater seine Arme von hinten um sie legte und erleichtert quakte: »Schatzi, da bist du ja!«

Wutz schüttelte den Kopf. »Was flippt ihr denn alle so aus? Das ist nichts weiter als eine ganz gewöhnliche Übung. Dazu sind die ein-, zweimal im Jahr verpflichtet. Blöd nur, dass es ausgerechnet uns erwischt hat.«

»Falsch«, widersprach Pa. »Auf dem Autodeck brennt es tatsächlich. Und ich habe gerade erfahren, dass alle Passagiere von Bord gehen müssen.«

»Hahaha«, machte Wutz.

Ähm, heißt es nicht, dass jeder Vollrausch den Verlust von enorm vielen Hirnzellen bedeutet?, überlegte ich.

»Mensch, Wutz, das ist echt kein Spaß.«

Wutz glotzte, als ob ihm gerade ein D-Zug über den Fuß gefahren wäre.

»Verdammt«, fluchte er. »Dann habe ich also doch nicht danebengelegen …«

HALLO! SIE DA!
BLA
BLA
BLA
BLA
BLA
BLA
BLA
BLA
BLA
BLA
HE, SIE! DIES IST EIN NOTFALL! DAS SCHIFF BRENNT! ALLE MANN IN DIE RETTUNGSBOOTE!
ÄH…
JETZT NICHT!

Pa und Wutz standen mit wutverzerrten Gesichtern voreinander und schnauzten sich an.

»Nur ein winzig kleiner Hinweis, Wutz. Wäre das zu viel verlangt gewesen nach über dreißig Jahren Freundschaft?«

»Du kennst die Regeln«, blaffte Wutz trotzig zurück. »Außerdem wusste ich ja nichts von euren Reiseplänen.«

»Ach was! Das sind doch alles nur faule Ausreden«, winkte Pa ab.

Linda war natürlich voll und ganz Bärchens Meinung. Sie faselte etwas von Freundschaft und falsch verstandener Rücksichtnahme und dass es Situationen im Leben gab, wo man Berufliches hinten anstellen müsste. Sie fand auch (oh Wunder!), dass Wutz sich unverantwortlich verhalten hätte und der liebe Bärchen-Philipp sich immer viel zu viel gefallen ließe. Und zu guter Letzt schlug sie vor, dass die beiden sich jetzt am besten umarmen sollten, damit die ganze negative Energie hinausfließen könne, was Wutz jedoch lautstark ablehnte.

Jetzt mal im Ernst: Wir befanden uns auf einem brennenden Schiff. Alle um uns herum sprinteten zu den Rettungsbooten, bevor der Kahn womöglich unterging. Nur meine durchgeknallte Familie stritt mal wieder herum und machte irgendwelche Psychospielchen mit Umarmungen und aufgestauten Emotionen. Hatten die sie noch alle?

»Jede Nacht auf halber Strecke zwischen Kiel und Oslo begegnen sich die beiden Schiffe der Fantastic-Line«, brabbelte Finn vor sich hin.

»Super, Finn, was du so alles weißt«, spottete ich. »Nur leider interessiert das im Moment niemanden.«

Finn ließ sich allerdings kein Stück von seinem Angebervortrag abbringen. »Wir befinden uns ganz in der Nähe dieser Stelle und sollten uns deshalb genau jetzt zu den Rettungsbooten begeben.«

Okay, der Blassbacke ging der Arsch also gerade gehörig auf Grundeis.

»Finn hat Recht«, lenkte Wutz ein. »Lass uns das Thema auf später vertagen, Philipp, und kümmere dich lieber darum, dass Linda und die Kinder von Bord kommen.«

Pa nickte und Linda blickte sich suchend um. »Ich habe Mary noch nirgendwo gesehen.«

»Das liegt wohl daran, liebe Linda, dass sich ungefähr zweitausend Menschen an Bord befinden.« Wutz' Stimme triefte vor Ironie.

Lindas Miene versteinerte. Und auch Pa sah nicht gerade glücklich aus.

»Schluss jetzt«, krächzte er. »Mary ist hier bestimmt irgendwo. Außerdem sind wir nun an der Reihe.« Er deutete auf zwei Crewmitglieder, die uns energisch heranwinkten.

Bis auf Wutz, der schauen wollte, ob er noch irgendwo helfen könnte (was ich ihm natürlich kein bisschen abnahm, weil er schon wieder seinen typischen Geheimagenten-Blick draufhatte), ließen wir uns von den beiden Männern in eines der Rettungsboote helfen.

Als es bis auf den letzten Platz belegt war, wurde das Boot mit einem sanften Ruck abgesenkt.

Wir hatten uns noch keinen halben Meter von der Einstiegsstelle entfernt, da hörte ich einen Hund kläffen und plötzlich durchfuhr es mich wie ein Zehntausend-Volt-Stromschlag: Mary!

Ich schoss in die Höhe und bevor ich auch nur eine Sekunde darüber nachdachte, sprang ich zurück aufs Schiff.

»Rick, was machst du?«, rief Finn – und hechtete mir hinterher.

Für Pas Sprung war es dann allerdings zu spät.

»Spinnt ihr?!«, brüllte er uns vom Boot aus zu. »Was soll das?«

»Ich suche Mary!«

»Ich auch!« Finn stellte sich neben mich.

Linda kreischte alle möglichen Drohungen in unsere Richtung, doch ich zuckte einfach nur mit den Schultern, hielt mir die Hände an die Ohren und schüttelte in gespielter Ahnungslosigkeit den Kopf.

»Seid ihr noch ganz bei Trost?«, pflaumte uns jetzt auch noch eines der beiden Crewmitglieder an, die uns Momente zuvor aufs Rettungsboot geholfen hatten. »Ihr hättet abstürzen können.«

Der Mann wollte mich am Ärmel packen, doch ich reagierte blitzschnell, sprang zur Seite und flitzte los. Finn mir hinterher.

Der Typ brüllte uns irgendetwas nach und wir legten sicherheitshalber noch einen Zacken zu. Kurz vorm Treppenhaus blieb ich dann so abrupt stehen, dass Finn voll in mich hineinrannte.

»Ey«, meckerte ich. »Hast du die Bremslichter nicht gesehen?«

Finn sah mich vorwurfsvoll an. »Das ist nicht lustig.«

Ich seufzte theatralisch. »Hab ich auch gar nicht behauptet. Aber jetzt mal raus mit der Sprache, was soll das? Warum bist du mir hinterhergesprungen?«

»Kann ich dir nicht sagen ...«, druckste Finn herum und starrte dabei auf seine Füße, als ob sie ihm gerade erst gewachsen wären.

»Nun spuck's schon aus.«

Finn zierte sich noch ein bisschen. Das Ganze schien ihm irgendwie peinlich zu sein. Schließlich sprudelte es aus ihm heraus: »Es ist ja nur, weil wir doch jetzt so was wie Brüder sind und du mir vorhin auch geholfen hast.«

Okay, das war jetzt wirklich peinlich. Wehe, der machte gleich auch noch Anstalten mich in den Arm zu nehmen!

Zur Sicherheit ging ich einen Schritt zurück und schaute ihn aus zusammengekniffenen Augen an.

»Ist ja auch egal«, winkte ich ab. »Ich muss jetzt Mary suchen.«

Im Treppenhaus steppte noch immer der Papst, obwohl ich fest damit gerechnet hatte, dass längst alle Passagiere bei den Rettungsbooten wären.

Pustekuchen!

»Hier finden wir Mary nie«, seufzte auch Finn. »Hast du einen Plan?«

Null!

Ich holte tief Luft. »Klaro. Oder denkst du, ich wäre sonst einfach so vom Rettungsboot gesprungen?!«

Finn verzog spöttisch den Mund. »Okay, darf ich trotzdem einen Vorschlag machen?«

»Wenn's sein muss«, stöhnte ich und verdrehte die Augen.

»Wir laufen zu Marys Kabine, und wenn sie nicht mehr dort ist, können wir getrost davon ausgehen, dass sie sich auf Deck zwei oder schon auf einem der Rettungsboote befindet.«

Das klang logisch – wenn man ihre Kabinennummer kannte.

»Es ist die 511. Das habe ich vorhin beim Abendessen gesehen. Mary hatte ihre Karte auf den Tisch gelegt.«

Mann, der Typ konnte echt meine Gedanken lesen!

»Glaubst du, das wusste ich nicht?!«, pampte ich ihn an.

Der Gang zu Marys Kabine war zum Glück menschenleer.

Plötzlich kam ich mir saudoof vor. Und kindisch. Und total unreif. Und auch ein wenig meschugge. Was hatte ich mir bloß bei dieser Aktion gedacht? Mister Coolman und El Besserwisso retten angetrunkene Oma samt herzschwacher Bulldogge in letzter Sekunde vom sinkenden Schiff?

Finn schien schon wieder meine Gedanken erraten zu haben. »Das hätten wir uns sparen können. Die haben das hier alles im Griff. Mary ist bestimmt längst in Sicherheit.«

Ich blickte unentschlossen den Gang hinunter. »Jetzt sind wir schon mal hier, dann können wir auch eben schnell in ihrer Kabine nachsehen«, meinte ich.

Wir wollten uns gerade wieder in Bewegung setzen, als sich uns plötzlich jeweils eine schwere Hand auf die Schulter legte.

»Stehengeblieben!«, sagte eine tiefe Stimme direkt hinter uns.

Finn und ich wandten die Köpfe und blickten in das strenge Gesicht eines der Crewmitglieder. »Ab mit euch zu den Rettungsbooten. Und legt euch gefälligst Schwimmwesten an!«

Shit, was für 'ne peinliche Nummer, dachte ich, als der Mann uns unbarmherzig vor sich her auf das Deck zuschob, und ich bekam eine knallrote Birne. Springst vom Rettungsboot, spielst dich als Mister Superheld höchstpersönlich auf und hast noch nicht mal den Ansatz eines Plans. Und das Ganze auch noch mit Klugbackengesicht Finn als Zeugen. Herzlichen Glückwunsch, Rick Michalski, der Kandidat hat die volle Punktzahl im Lächerlichmachen erreicht.

An Deck kämpfte gerade eine knurrende Bulldogge mit dem Hosenbein eines uniformierten Mannes. Daneben stand Mary – mit Sturmfrisur, schiefer Brille und knallrotem Frotteebademantel unter der leuchtenden Schwimmweste.

»Ich kann Sie leider nicht verstehen«, krakeelte Mary und deutete auf ihre Ohren. »Mein Hörgerät ist über Bord gegangen.«

Hörgerät?, wunderte ich mich.

Finn – der Hüter aller durchgeknallten Tiere – stürzte sich währenddessen auf Helena und umfasste mit beiden Händen ihren Hals. Helena war so geschockt von dem hinterhältigen Angriff, dass sie jaulend vom Uniformhosenbein abließ und den nicht kupierten Schwanz zwischen den Hinterbeinen einklemmte.

»Finn! Rick! Wie gut, dass ihr da seid!«, freute sich Mary.

Finn ließ Helenas Hals los, die flüchtete panisch unter Marys Bademantel und ich schickte schnell ein Stoßgebet in Richtung Himmel, dass keine Bulldoggenohnmacht im Anmarsch war.

»Was ist denn passiert?«, wandte ich mich stirnrunzelnd an meine Oma.

Mary tat so, als ob sie mich nicht verstanden hätte, und tippte sich mit dem ausgestreckten Zeigefinger ans Ohr. Dabei verzog sie ihr Gesicht zu einer sonderbaren Grimasse. Keine Ahnung, was sie mir damit zu verstehen geben wollte.

»Rick, mein Junge, du weißt doch, ohne mein Hörgerät verstehe ich nichts«, sagte sie überlaut.

Aha, meine Oma hatte also tatsächlich ein Hörgerät. Gut zu erfahren.

»Was passiert ist, wollen wir wissen«, schrie Finn ihr direkt ins linke Ohr.

Mary zuckte zusammen und fasste sich dann theatralisch ans Herz. »Schrei doch nicht so. Ich bin zwar schwerhörig, aber nicht taub.«

»Ach so«, meinte Finn.

Der Uniformierte hatte inzwischen damit aufgehört sein Hosenbein auf Biss- und Sabberstellen zu untersuchen und wandte sich nun leicht ungehalten an mich. Ausgerechnet.

»Kennst du diese Frau?«

Ich nickte. Aber so leicht, dass ich hinterher noch behaupten konnte, ich hätte nur zuckend eingeatmet.

»Dann erklär ihr bitte, dass sie sich jetzt zusammen mit euch auf eines der Rettungsboote begeben muss. Und wenn ihr Köter sich nicht von mir hochheben lässt, dann soll sie das gefälligst selbst tun. Und zwar jetzt!« Seine Stimme war mit jedem Wort lauter geworden, so dass Mary schließlich empört rief: »Den *Köter* habe ich gehört!«

Der Mann schüttelte fassungslos den Kopf, ersparte sich aber jeden weiteren Kommentar.

Finn ging in die Hocke und zog Helena am Halsband unter Marys Bademantel hervor. Dann hob er sie mit geübtem Griff in die Höhe.

Helena grunzte leicht, ließ aber ansonsten alles teilnahmslos über sich ergehen. – War sie vielleicht doch schon wieder ins Nirwana entschwunden?

Keuchend schleppte Finn die Bulldogge aufs Rettungsboot, gefolgt von meiner Oma, die wie ein verwirrtes Huhn hinter uns herhetzte.

»Mary«, zischte ich ihr zu. »Was war denn überhaupt los? Und was soll das mit dem Hörgerät?«

»Der Kerl hat irgendwas von Strafanzeige gefaselt, weil ich Helena angeblich nicht im Griff hätte. Da habe ich zur

Sicherheit so getan, als ob ich ihn nicht verstehen könnte«, kicherte sie albern.

Okay, jetzt hatte ich es kapiert. Meine Oma stand noch immer unter dem Einfluss dieser fiesen Viele-Umdrehungen-Cocktails. Jede Wette!

10

COSTA MAGDA
SCHRECK-LICH!
ENTSETZ-LICH!
GRAUEN-VOLL!
OBER-COOL!!!

»Alles verbrennt«, schniefte Linda. »Unsere ganzen Sachen. Das Auto …«

»Nur materielle Dinge, Schatzi«, tröstete Pa sie und legte ihr seinen starken Arm um die Schultern. »Die Hauptsache ist doch, dass niemandem etwas passiert ist.«

Wir befanden uns an Bord der *Fantastic Josefine*, knappe hundert Meter von der *Fantastic Magda* entfernt, auf der sich das Feuer inzwischen wie verrückt ausgebreitet hatte. Pa hatte in Erfahrung gebracht, dass mittlerweile auch die Etage über dem Autodeck in Flammen stand und dass die Löschboote große Mühe hatten, das Feuer in den Griff zu bekommen.

»Sie können nicht unbegrenzt Löschwasser hineinpumpen. Sonst droht das Schiff umzukippen und unterzugehen«, erklärte er uns.

Wir hatten im Speisesaal einen Tisch zugewiesen bekommen, an dem man uns mit warmen Getränken, belegten Broten und Decken versorgte.

Wutz war grantig bis zum Gehtnichtmehr und gab ähnlich knurrende Geräusche von sich wie Helena.

Ich kaute lustlos auf meinem Wurstbrot herum, sah aus dem Fenster zu dem brennenden Schiff hinüber und wunderte mich, dass ein kleines Feuerchen auf der Ladefläche eines Lkws sich dermaßen ausbreiten konnte.

Finn, Mister Gedankenleser, sprach es mal wieder aus. »So ein kleines Feuer. Und jetzt brennen schon zwei Decks. Wie ist das nur möglich?«

Pa schüttelte den Kopf. »Keine Ahnung.« Dann umfasste er Finns Hand und drückte sie fest. »Ist dir eigentlich klar, dass du uns das Leben gerettet hast? All diesen Menschen hier?« Er deutete mit der freien Hand auf die Leute um uns herum.

Finn lief rote-Grütze-mäßig an.

»Quatsch«, winkte er ab. »Wenn Rick nicht gesagt hätte, dass wir dich holen sollen, wäre bestimmt nicht alles so glattgelaufen.«

Nun sah Pa mich an. Mit großem Bambiblick. Ganz vorsichtig berührte er meine Hand, so als ob er Angst hätte, ich könnte wie eine Seifenblase zerplatzen. In seinen Augen funkelte es gefährlich.

Oh nein. Der wird doch wohl nicht …?

»Ich-ich bin echt stolz auf dich, Rick.«

Er wischte sich mit dem Handrücken eine Träne weg.

Nun lief auch ich rote-Grütze-mäßig an.

»Ihr beiden habt euch wirklich unglaublich mutig verhalten«, sagte Mary. »Und dass ihr mich retten wolltet …«

»War mehr als dumm«, fiel Wutz ihr ungerührt ins Wort.

Aber Mary ließ sich auch durch Wutz' barschen Tonfall nicht vom sentimentalen Geheule abhalten.

»Ach, ich habe mich ja so albern benommen«, schluchzte sie los.

»Wir haben uns alle nicht gerade mit Ruhm bekleckert«, verkündete Linda mit ebenso bebender Stimme. »Aber unsere Jungs sind über sich hinausgewachsen. Wir sollten dies zum Anlass nehmen uns die Hände zu reichen.«

Sie legte die Hand mit der Innenfläche nach oben auf den Tisch und schaute erwartungsvoll in die Runde. Pa streckte artig sein Patscherchen aus. Dann Mary, wenn auch etwas zögerlich.

Finn und ich schauten uns von der Seite an.

»Also das eine hat ja mit dem anderen nichts zu tun«, fand Finn und verschränkte die Arme vor der Brust.

»Kein Grund gleich zu übertreiben«, stimmte ich zu.

Und Wutz meinte: »Aufatmen können wir erst, wenn wir wieder zu Hause sind.«

Pa sah ihn alarmiert an. »Warum? Was verheimlichst du uns?«

Wutz fuhr sich mit den Händen durch die Haare und lehnte sich zurück. »Nichts«, seufzte er.

Aber Pa war mit einem Satz auf den Beinen und zog Wutz mit sich in die Höhe.

»Wir müssen reden. Sofort!« Damit rauschten die beiden aus dem Speisesaal.

Wenige Minuten später kam Pa zurück. Allein.

»Wo ist Wutz?«, wollte ich wissen.

»Ab jetzt wieder *topsecret* unterwegs«, knurrte mein Vater so finster, dass ich besser keine weiteren Fragen stellte.

»Herr Michalski?« Ein Mann in blauer Uniform und mit Nickelbrille war plötzlich an unserem Tisch aufgetaucht. Er war klein, kugelrund und hatte keinen Hals.

»Zieh ich Arm' und Beine ein, könnt ich eine Murmel sein«, flüsterte ich Finn zu, der sich daraufhin nur schwer das Grinsen verkneifen konnte.

Mein Pa blickte hoch. »Der bin ich.«

»Kapitän Hansjörg Schmölling. Mein Staffkapitän hat mir gesagt, dass ich Sie und Ihre Familie hier finden würde.«

Pa sprang ruckartig vom Tisch auf. »Wie ist die Lage drüben an Bord?«, wollte er wissen.

Der kleine Murmelmann, der Pa gerade mal bis zur Brust reichte, wiegte nachdenklich seinen halslosen Kopf hin und her. »Zum Glück hat die Feuerwehr den Brand jetzt unter Kontrolle bekommen. Das Schiff wird bei Tagesanbruch nach Dänemark in den nächsten Hafen gezogen. Dann kann man mehr sagen. Aber ich bin hier, um mich bei Ihnen zu bedanken. Im Namen meiner Besatzung und aller Passagiere. Wenn Sie das Feuer nicht entdeckt hätten, dann hätte alles weitaus schlimmer ausgehen können.«

Pa winkte ab. »Nein, nein, nicht ich habe das Feuer entdeckt, sondern meine Jungs hier.« Er drehte sich halb zu Finn und mir um. »Die beiden haben wirklich gut reagiert.«

Der Kapitän schaute skeptisch von Finn zu mir und wieder zurück. »Bleibt natürlich die Frage, was die Jungen mitten in der Nacht auf dem Autodeck gemacht haben … und wie sie überhaupt dorthin gekommen sind, denn normalerweise sind die Zugänge immer abgesperrt.«

Okay, damit bin ich raus, entschied ich. Soll Finn doch die ganze Anerkennung über sich ergehen lassen – und die ganzen Fragen. Darauf hatte ich echt null Bock.

»Tut mir leid, aber Finn hat das Feuer allein entdeckt. Ich habe geschlafen. Tief und fest«, erklärte ich und deutete mit dem Daumen auf ihn. »Er ist der Held!«

Finn warf mir einen sonderbaren Seitenblick zu. Nicht stinkig, aber auch nicht wirklich begeistert.

Linda schien die Frage des Kapitäns auch nicht so recht zu schmecken. »Entschuldigen Sie bitte, Kapitän Schmölling, Sie verdächtigen doch nicht etwa meinen Sohn?!«

Der Kapitän schüttelte den Kopf. »Natürlich nicht. Ich wundere mich nur, weil es ja streng verboten ist sich auf dem Autodeck aufzuhalten.«

Finn wurde ziemlich klein auf seinem Stuhl. Wenn auch nicht so klein wie der Kapitän.

Ich beschloss ihm zu helfen. Na ja, immerhin hatte ich ihn durch den Kabinenrauswurf auch irgendwie in diese Lage gebracht.

»Ähm ... wenn ich auch mal was sagen darf? – Finn wollte nur meinen MP3-Player aus dem Auto holen und hat dabei das Feuer entdeckt. Und dann haben wir gleich meinen Vater geholt«, log ich, ohne rot zu werden.

Pa nickte nachdenklich, sah mich dabei aber ziemlich schräg von der Seite an.

»Nun gut«, sagte der Kapitän zum Glück. »Würden Sie und Ihr Sohn mich dann einen Moment begleiten?«

»Ich komme natürlich auch mit!«, rief Linda.

»Nicht nötig, Frau Michalski. Es sind nur ein paar Fragen. Bleiben Sie ruhig bei Ihrem anderen Sohn und Ihrer Mutter und erholen Sie sich von dem Schrecken.«

»Das ist nicht meine Mutter!«, rief ich.

»Das ist nicht meine Tochter!«, rief Mary.

»Ich begleite meinen Sohn!«, rief Linda.

Der Murmelkapitän schüttelte leicht irritiert den Kopf und watschelte gefolgt von Pa, Linda und Finn davon.

Eine halbe Stunde später waren die drei wieder zurück.

Pa hatte die üblichen hektischen Flecken im Gesicht. Linda war ziemlich blass und Finn hatte die Lippen aufeinandergepresst, als ob sie zusammengetackert wären.

»Anscheinend ist das Feuer wirklich nicht *zufällig* ausgebrochen«, erklärte Pa.

»Wie, verdächtigen die wirklich Finn?«, wunderte sich Mary.

Linda schüttelte den Kopf. »Nein. Aber wir haben gerade erfahren, dass Finn großes Glück hatte, dass er dem Täter nicht direkt in die Arme gelaufen ist.« Sie presste die Hand vor den Mund und gab einen sonderbaren Laut von sich.

»Jetzt übertreib mal nicht, Linda«, versuchte Pa sie zu beruhigen. »Das sind doch alles nur Vermutungen.«

Linda funkelte ihn wütend an. »Ach, Vermutungen, Vermutungen, die stehen mir bis hier! Und deine Ausflüchte auch!«

Auweia! Der Kurzurlaub hatte Schatzi und Bärchen bislang echt nicht gutgetan. So oft wie in den letzten vierundzwanzig Stunden hatten die noch nie Zoff miteinander gehabt.

Mary schien etwas ganz Ähnliches zu denken. »Tja, in Stresssituationen merkt man erst, wie belastbar eine Beziehung ist.«

»Was soll das denn wieder heißen?«, regte sich mein Vater prompt auf.

Mary hob unschuldig die Schultern und schwieg.

Und ich musste dringend aufs Klo.

Im Toilettenvorraum stieß ich mit einem Mann zusammen, der es ziemlich eilig zu haben schien. Jedenfalls pellte er sich ein Ei darauf, dass er mich hammerhart an der Schulter erwischte und ich deshalb gegen eines der Waschbecken knallte.

»Aua, können Sie nicht aufpassen?!«, regte ich mich auf.

Der Kerl drehte sich kurz zu mir um und blickte mich düster an.

»Halt die Klappe, du Wurm«, knurrte er.

Super, ein echtes Vorbild, stellte ich bitter fest.

Leider fiel mir auf die Schnelle nichts Freches ein, was ich darauf erwidern konnte. Außerdem sah der Typ echt finster aus, so dass ich mir besser jeden Kommentar verkniff.

Krachend fiel die Tür hinter ihm ins Schloss. Ich schüttelte den Kopf und steuerte aufs nächstbeste Klo zu. Schwungvoll wollte ich die Tür aufdrücken ... und donnerte beinah mit dem Kopf dagegen. Irgendetwas schien dahinter festzuklemmen, denn die Tür ließ sich nur eine Handbreit öffnen.

Komisch.

Ich wollte gerade zur nächsten Toilettenkabine gehen, als ich hinter der Tür ein leises Stöhnen hörte.

»Hallo«, rief ich vorsichtig. »Ist da jemand?«

Stille. Richtig unheimliche Stille.

Okay, Rick, immer mit der Ruhe, sagte ich mir. Eine enge Toilettenzelle, in der jemand stöhnt. Könnte ein Mann sein, der so mächtig dick ist, dass man die Tür nicht aufbekommt, und der unter abartig schlimmen Verdauungsproblemen leidet. Oder einer, der so dringend musste, dass er vergessen hat die Tür abzuschließen und sie nun mit aller Kraft von innen zuhält. Oder einer, der seekrank geworden ist und ordentlich in die Kloschüssel reiert …

Wieder kam ein leises Stöhnen aus der Toilettenzelle. Und irgendwie hörte sich das ganz und gar nicht nach Verdauungsstörungen an.

Ich wartete. Mit Gummiknien und Grummeln im Magen.

»Ist da jemand?«

Stille – und dann ein leises Scharren.

»Hallo?«

Ich ging in die Nebentoilette, stellte mich auf den Klodeckel und spähte hinüber. Da lag ein Mann am Boden. Zunächst sah ich nur eine Jeans und darunter hellbraune Wildlederstiefel. Mosquito-Westernstiefel. So welche, wie Wutz sie immer trug. Seine geliebten Cowboyschlappen.

Auch die schwarze Lederjacke kam mir ziemlich bekannt vor und die Haare gehörten ebenfalls eindeutig zu Wutz.

Nur das Blut nicht, das sich seitlich neben seinem Kopf zu einer kleinen Lache ausgebreitet hatte. Never! Wutz war unverletzlich. Ein unerschrockener Topsecret-Agent. So einer wie Wutz blutete nicht. Und schon gar nicht lag er zusammengekrümmt in einer winzigen Toilettenzelle und stöhnte.

Aber der Typ sah original aus wie Wutz.

Mierda! Das *war* Wutz!

»Wutz, hey, hörst du mich?« Ich zog mich an der Toilettenwand hoch und hievte mich auf die andere Seite.

Mist, der Deckel war hochgeklappt. Es blieb mir nichts anderes übrig, als den Fuß vorsichtig auf die Klobrille zu setzen.

Gerade als ich auch mein anderes Bein hinterherziehen wollte, ging es schief. Ich rutschte ab und landete mit dem linken Fuß in der Schüssel. Volle Kanne, bis zur Wade! Innerhalb von Sekunden war mein Schuh durchnässt.

Verdammte Lurchpfortenstrulle, mein erster Topagenten-Einsatz und schon steckte ich mit dem Fuß in einer Kloschüssel fest. Ging es eigentlich noch bekloppter?

»Wutz, kannst du mich hören?«, ächzte ich.

Nur ein leises Stöhnen. Zumindest lebte er noch.

Okay, Rick Michalski. Bleib cool. Es kann nicht lange dauern, dann wird einer der männlichen Passagiere hier an Bord pinkeln müssen. Männer müssen ständig pinkeln. Wie Elche.

Also stand ich da – das eine Bein wadentief in der Kloschüssel, das andere auf dem Brillenrand – und wartete. Wartete auf die vielen Elche, die unbedingt mal pinkeln mussten.

Wo bleibt ihr denn?! Kommt endlich strullern!, dachte ich ungeduldig, weil das Wasser aus der Toilette ekelhaft kalt an meinem Hosenbein hochwanderte.

Da öffnete sich plötzlich die Tür und ich hörte etwas. Nicht das Röhren eines Elchs, aber dafür Finns helle Stimme.

»Rick? Bist du noch hier?«

Ich überlegte ganz genau drei Sekunden, was ich tun sollte: *Ja* rufen und dadurch Wutz retten, mich aber mit der Fuß-in-Kloschüssel-Nummer bis ans Ende meiner Tage zum Gespött des gesamten Universums machen, oder die Klappe halten und noch, wer weiß wie lange, mit dem linken Bein in dieser Toilette ausharren?

»Finn, ich bin hier! Schnell, ich stecke fest.«

»Wo denn, in der Kloschüssel?«, kicherte Finn albern.

Okay, ich konnte es ihm noch nicht mal übel nehmen. Doch als er schließlich seinen schmalen Körper durch den Türspalt gequetscht hatte und Wutz am Boden liegen sah, da verging ihm schnell das Kichern.

»Au Backe, was ist denn hier passiert?«

»Wutz ist ohnmächtig«, erklärte ich hektisch.

»Ich hole Hilfe«, beschloss Finn und verschwand genauso geschickt wieder aus der Zelle, wie er sich zuvor hineingeschlängelt hatte.

Einen Moment später hörte ich meinen Vater und jede Menge weitere Stimmen.

Irgendwer hob die Tür aus den Angeln und fasste mir unter die Achseln. Ein kraftvoller Ruck, ein kurzer heftiger Schmerz und ich war befreit. Pa musste mich stützen, weil mein Fuß beim Auftreten höllisch wehtat.

Genau in dem Augenblick, als Linda und Mary in den Toilettenraum gestürmt kamen, schlug Wutz die Augen auf und sagte: »Was ist denn hier los? Kann man noch nicht mal in Ruhe pinkeln?«

Linda starrte ihn erschrocken an. »Wutz, um Himmels willen …«

»Susi Sonnenschein, das ist ein Männerklo. Aber deswegen musst du doch nicht gleich heulen.«

Ich prustete los. Ich konnte einfach nicht anders, ich war so höllisch froh, dass Wutz am Leben war und schon wieder seine Witze reißen konnte – er war eben mein extrem lässiger Superwutz!

11

WIE WAR DAS DENN NUN MIT DEM BRAND AN BORD?
UND WAS WAR MIT DEM FINSTERLING AUF DEM KLO?
ES GING DOCH UM HEHLEREI, ODER?
ABER DU WEISST DOCH WAS, ODER? LOS, PACK AUS!
MIAOU!

»Gismo-Bär«, schnurrte Wutz um den beleidigt in der Ecke hockenden Kater herum. »Sei doch wieder lieb zu deinem Herrchen.«

Doch so leicht ließ sich Gismos Katerherz nicht erweichen. Er würdigte Wutz keines Blickes, drehte den Kopf zur Seite und begann sich den Rücken zu lecken.

Ziiiisch!, machte es.

Wutz sprang auf und presste sich die Hand vor Mund und Nase.

»Boah, Gismo, das hast du doch mit Absicht gemacht!«

Ich sprang vom Sofa auf. Bevor die Katzenblähungen sich im ganzen Raum ausbreiten konnten, verzog ich mich lieber ins Bad.

Fünf Tage waren vergangen, seitdem wir mitten in der Nacht von dem Kreuzfahrtschiff hatten fliehen müssen. Denn auch wenn der Kahn am Ende nicht vollständig abgebrannt war, konnten wir natürlich nicht wieder aufs Schiff und waren zurück nach Kiel gebracht worden.

Wutz' Platzwunde am Hinterkopf wurde noch an Bord der *Fantastic Josefine* vom Schiffsarzt versorgt und mit vier Stichen genäht. Wie es allerdings zu der Verletzung gekommen war und warum er bewusstlos in der Toilettenzelle gelegen hatte, darüber hatte Wutz bis jetzt kein Sterbenswörtchen verloren. Alles mal wieder topsecret!

Die Lust auf Urlaub war uns danach gründlich vergangen (außerdem war unser Auto zu einem dunklen Blechklumpen zusammengeschmolzen). Zum Glück hatte Wutz seinen Dienstwagen in Kiel auf dem Parkplatz stehenlassen und nahm uns alle mit. Nur für Mary und Helena war kein Platz mehr, die fuhren mit dem Zug. Schon nach wenigen Metern auf der Autobahn beneidete ich Mary darum, dass sie nicht mit im Wagen sitzen musste. Zwischen Wutz, Pa und Linda war nämlich übelste Eiszeitmuffelstimmung ausgebrochen.

Und daran hatte sich bis jetzt nichts geändert.

Auch Mary meckerte bei jeder Gelegenheit vor sich hin und Finn war irgendwie in ein eigenartiges Grübeln verfallen. Kurz gesagt, die Stimmung in der WG stank gewaltig – und das lag nicht nur an Gismos Katzenfürzen!

Ich stellte mich vor den Badezimmerspiegel und schnitt ein paar Grimassen. Anschließend trainierte ich fiese Knutschgeräusche als Antwort auf Lindas Schmusekursnummer – und erwischte mich dabei, dass sich meine Lippen immer mehr zu echten Kusslippen verzogen.

Ärgerlich streckte ich meinem Spiegelbild die Zunge raus und stürmte hinaus. Wutz war noch immer im Billardzimmer und robbte eigenartig vor Gismo auf und ab.

»Wutz?«

Er hob den Kopf und sah mich völlig meschugge an, so als ob er erst schnallen müsste, dass ich mit ihm gesprochen hatte.

»Wutz, du musst mir jetzt sagen, warum du bewusstlos auf dem Klo gelegen hast. Hat das irgendwas mit dem Mann zu tun, der mich auf dem Weg zur Toilette angerempelt hat?«

Wutz grummelte etwas, das ich nicht verstand.

»Das ist mein Ernst. Ich will auf der Stelle wissen, was wirklich auf dem Schiff passiert ist.«

Wutz setzte sich im Schneidersitz auf den Boden und schaute mich nachdenklich an.

Okay, das war doch schon mal etwas. Jetzt musste er nur noch reden.

»Also, wie war das genau? Du warst auf dem Schiff und hast einen Typen beschattet, der wegen Hehlerei international gesucht wird«, leierte ich das herunter, was mir bereits bekannt war. »Doch dann hat sich der Verdacht als falsch erwiesen und du hast deine Tarnung aufgegeben. Ein Fehler, wie sich herausstellte, denn der Informant hatte sich leider nicht geirrt. Aber da war es schon zu spät. Der Typ hatte bereits geschnallt, dass er beschattet wird, und hat das Feuer an Bord gelegt, um in der allgemeinen Verwirrung unterzutauchen.«

Wutz saß immer noch da und schwieg.

Mann, warum war der bloß so hartnäckig? Ich durfte jetzt nicht lockerlassen!

»Guuuut«, sagte ich gedehnt. »Das stimmt schon mal. Und als dir das klar geworden ist, hast du die Verfolgung wieder aufgenommen, richtig?«

Keine Antwort.

»Du hast den Kerl also weiter beschattet und wolltest ihn im Toilettenraum auf der *Fantastic Josefine* stellen. Aber er hat es irgendwie geschafft dich niederzuschlagen. So war es doch, oder?!«

Wutz schüttelte den Kopf. »Vergiss es.«

»*Ja, vergiss es* oder *Nein, vergiss es?*«

Wutz sprang abrupt auf. »Schluss jetzt, Rick«, knurrte er wütend. »Ich möchte nicht darüber reden. Und außerdem geht es dich nichts an!«

»Ähm, ich war auch auf dem Schiff, falls du das vergessen hast. Ich habe dich sogar gefunden. Dir das Leben gerettet …«

Helena kam aus der Küche ins Billardzimmer getapst. Aus unerklärlichen Gründen schien sie ihre Gismo- und Wutzphobie überwunden zu haben, denn sie fing weder hysterisch zu hecheln an noch zeigte sie irgendwelche Anzeichen von einer nahenden Ohnmacht. Mit erhobenem Bulldoggenhaupt schritt sie an uns vorbei und machte es sich zufrieden grunzend auf dem Sofa bequem.

Gismo schaute ihr leicht irritiert dabei zu.

»Okay, also noch mal von vorn«, versuchte ich wieder mit Wutz ins Gespräch zu kommen. Doch der stand einfach auf und verzog sich in sein Zimmer.

Mierda! Mierda! Mierda!

Das Telefon klingelte und Linda kam wie ein wilder Eber aus Pas Zimmer geschossen. »Ich geh schon!«, rief sie und riss den Hörer von der Station. »Bei Michalski.«

Ich wollte mich schon genervt in die Küche verziehen, da hörte ich sie trällern: »Ach, vom deutschen Eishockeyverband sind Sie? Das ist ja interessant.«

Wow! Der deutsche Eishockeyverband. Hammer. Das konnte doch nur bedeuten, dass die mich …

Ich machte auf dem Absatz kehrt und hechtete zu Linda rüber, um ihr den Hörer zu entreißen.

»Finn, kommst du bitte mal ans Telefon? Hier möchte dich jemand sprechen!«, rief Linda in Richtung meines Zimmers.

Ich verstand die Welt nicht mehr.

»Was soll der Schwachsinn?«, blaffte ich Linda von der Seite an.

Doch die zuckte nur unschuldig mit den Schultern. »Kein Schwachsinn, junger Mann. Die möchten Finn sprechen. Nicht dich!«

Linda stellte sich mal wieder total bescheuert an. Wahrscheinlich, weil ich sie vorhin beim Frühstück so angemotzt hatte.

Ich holte tief Luft und zählte innerlich von sechs rückwärts. »Okay, es tut mir leid, dass ich mich eben so aufgeregt habe. Gibst du mir jetzt *bitte* den Hörer?!«

»Nein, warum soll ich dir den Hörer geben, wenn der Anrufer überhaupt nicht mit dir sprechen möchte?«, widersprach Linda bockig wie ein Baby, dem man den Schnuller weggenommen hatte.

Ich verdrehte die Augen. Dieses oberpädagogische Blabla konnte sie sich echt für ein andermal aufsparen! Ich zeigte ihr einen Vogel und griff nach dem Hörer. Doch Finn war schneller. Aber nur, weil Linda ihm das Telefon quasi entgegenstreckte.

Ich kochte vor Wut. »Schluss jetzt! Was sollen die denn von mir denken?!«

Linda schüttelte nur den Kopf und meinte furztrocken: »Keine Ahnung, aber der Herr vom Eishockeyverband möchte nun mal nicht *dich* sprechen, Rick. Verstanden?!«

Ich bedachte Linda mit einem tödlich giftigen Blick.

Finn hatte in der Zwischenzeit begonnen mit dem Anrufer zu reden und dachte gar nicht daran mich an den Apparat zu lassen.

»Finn, lass den Scheiß«, zischte ich ihm ärgerlich zu.

Aber er drehte mir den Rücken zu und telefonierte ungerührt weiter.

Jetzt mal Klartext: Sind die irre!? Da ruft einer vom deutschen Eishockeyverband für mich an – höchstwahrscheinlich, weil die mich zum nächsten Sichtungstermin einladen wollen – und ausgerechnet jetzt meinen Linda und Finn hier den Clown raushängen lassen zu müssen. Echt lustig. Ich lach mich schimmelig!

Bevor ich Finn endgültig den Hörer aus der Hand reißen konnte, hatte er das Gespräch schon beendet. Rummms, einfach aufgelegt.

Ich schnappte nach Luft. »Bist du völlig bekloppt?!«

Finn sah mich erstaunt an. »Was habe ich denn jetzt schon wieder gemacht?«, fragte er in Lindas Richtung.

Die hob scheinheilig die Schultern und schüttelte den Kopf. »Keine Ahnung, warum sich Rick so unmöglich aufführt.«

Ich stampfte wütend mit dem Fuß auf. Das hatte ich, glaube ich, das letzte Mal mit fünf gemacht, aber ich war so sauer, so fassungslos, so ARRRGGGGHH!

»PAPA!«, brüllte ich in einer Lautstärke, dass Gismo wie angestochen durchs Billardzimmer schoss und Helena verstört den Kopf hob.

Augenblicke später kamen sowohl mein Vater als auch Wutz und Mary ins Zimmer gehechtet.

»Hast du dich verletzt?«, rief Pa erschrocken.

Was für 'ne blöde Frage! Dann hätte ich bestimmt nicht nach ihm gerufen.

»Linda und Finn haben …« Weiter kam ich nicht, weil schon wieder das Telefon klingelte. Diesmal war ich als Erster am Apparat.

»Rick Michalski hier«, keuchte ich atemlos in den Hörer. »Tut mir echt leid wegen eben, aber die *Bekannte* meines Vaters meinte, das wäre lustig.«

»Rick?«

Herzinfarkt! Nelly!

Verdammt, die Postkarte, mit der ich mich bei ihr entschuldigen wollte, hatte ich in der ganzen Aufregung nie abgeschickt.

»Ja«, krächzte ich.

»Hier ist Nelly. Ich habe heute früh schon mal angerufen. Hat deine Oma dir das nicht ausgerichtet?«

Anscheinend nahm sie mir mein peinliches Wegrennen nicht mehr übel, denn ihre Stimme klang ganz normal. Kein bisschen eingeschnappt oder so. Dennoch war ich voll durch den Wind.

»Hast du wegen des deutschen Eishockeyverbands angerufen? Ähm … ich-ich meine, wegen des Sichtungstermins?«, stotterte ich, während sich meine Wangen in ein Klatschmohnfeld verwandelten.

»Äh, davon weiß ich gar nichts«, sagte Nelly irritiert. »Haben die dich eingeladen? Das ist ja toll. Herzlichen Glückwunsch!«

»Danke«, murmelte ich.

Wofür bedankst du dich, du Supertrottel?!, ärgerte ich mich. Violinenfinn und Räucherstäbchenlinda haben dir doch gerade die Chance deines Lebens vermasselt!

»Ich rufe eigentlich an, weil ich mich mit dir verabreden wollte. Hast du heute Nachmittag Zeit? Wollen wir uns vielleicht um drei im Schwimmbad treffen?«

»Okay«, murmelte ich, weil mir nichts Besseres einfiel und weil ich auf der Stelle den neugierigen Blicken *meiner Familie* entkommen musste. Ich donnerte das Telefon auf die Station und flüchtete ins Bad. »Besetzt!«, rief ich, bevor ich die Tür scheppernd hinter mir zuknallte.

Aufgebracht rannte ich hin und her und hin und her, bis ich plötzlich keuchend stehenblieb. Aber nicht, weil ich von dem bisschen Gerenne aus der Puste war, sondern weil mir mit einem Mal klar wurde, dass mein Leben nun unwiderruflich zerstört war. Meine Eishockeyprofikarriere war mit einem Schlag dahin und zu allem Überfluss musste ich mich heute Nachmittag auch noch mit Nelly treffen. In der Öffentlichkeit. Im Schwimmbad. In den Sommerferien. Bei über dreißig Grad. Unter den Augen der halben Tucholsky-Gesamtschule und bestimmt sämtlichen *Young Indians*. Nelly und ich auf einer Decke?!

Was sollte ich machen, wenn sie nach meiner Hand griff? Oder wenn sie mich – ich wurde blass – küssen wollte? Der Gedanke war so katastrophal schrecklich, dass ich ihn nicht zu Ende denken konnte.

Mary klopfte an die Tür. »Rick, alles okay?«

Ihre Stimme klang so verständnisvoll und vertraut. Am liebsten hätte ich mich in ihre Arme geschmissen und Rotz und Wasser in ihren Blusenkragen geheult.

Langsam öffnete ich die Tür. Die anderen waren verschwunden. Nur Mary stand da. Glänzende Augen, ein leichtes Lächeln auf den Lippen. Sie zog mich an sich und verpasste mir einen dicken Schmatzer auf die Wange.

»Mein Junge! Ganz schön komisch ist das alles, nicht wahr?«

Ich nickte. Obwohl ich mir nicht wirklich darüber im Klaren war, was sie mit *alles* so meinte – wusste sie etwa von Nelly und mir? Ahnte sie, dass ich mich heute Nachmittag zum größten Idioten von ganz Hannover, ach, was sage ich, von ganz Deutschland machen würde? Oder ging es nur um die Sache mit Linda und Finn?

»Philipp und ich sind uns auch noch nie so lange böse gewesen. Eigentlich mag ich Linda ja richtig gern. Und dieser ewige Hickhack zwischen Wutz und mir wegen unseren Vierbeinern muss auch endlich aufhören.«

»Aha.«

»Schuld ist eigentlich nur dieser doofe Prüfer, der mich andauernd durch die Führerscheinprüfung rasseln lässt.«

Ach, so war das also!

»Du und Finn, ihr leidet auch unter meiner schlechten Laune. Deshalb habe ich beschlossen, dass wir den ganzen Unsinn am besten vergessen, und habe zur Feier des Tages für uns alle gekocht.«

Puh, noch mal Schwein gehabt! Der Buschfunk hatte meiner Oma also noch nichts von Nelly und mir getrommelt. Es ging um das Klima in der WG.

Erleichtert atmete ich auf und ließ es sogar zu, dass Mary mir auch noch auf die andere Wange schmatzte. Gleichzeitig war ich heilfroh, dass ich ihr nicht den Blusenkragen vollgerotzt hatte. Dann endlich ließ sie mich los und ich folgte ihr in die Küche. Gerade rechtzeitig, um zu hören, wie Finn meinem Vater und Wutz von dem Telefonat erzählte.

»... der hat sich noch mal im Namen der Nationalmannschaft bei mir bedankt und mich gefragt, ob ich einen Wunsch hätte, den sie mir erfüllen könnten.«

»Und was hast du ihm geantwortet?«, wollte mein Vater wissen.

Finn hob die Schultern. »Nichts. Eishockey interessiert mich nicht. Warum sollte ich mich von denen also zum nächsten Spiel in die Ehrenloge einladen lassen?«

»Na ja, für dich wäre das vielleicht nichts, Finn. Aber für Rick wäre es das Größte gewesen«, meinte Wutz.

Die drei standen mit dem Rücken zu mir. Das war auch gut so, ansonsten hätten sie gesehen, wie ich meine Hände zu Fäusten ballte, als ich Finn sagen hörte: »Aber die haben *mich* gefragt. *Ich* bin für die der Superheld und nicht Rick!«

Mary hielt mich im letzten Moment davon ab, Finn den Kawumms seines Lebens zu verpassen.

Was für eine miese und hinterhältige Ratte! Ich hatte es doch immer gewusst: Finn war total bescheuert. Die Nacht im Museum war eine Ausnahme gewesen. In Wirklichkeit war er genauso blöd, wie ich es von Anfang an gedacht hatte.

»Du mieser verfaulter Fischkopf«, schnauzte ich in Finns Richtung.

Linda versuchte natürlich sofort zu vermitteln. »Rick, bitte. Das ist kein guter Beginn für ein Gespräch. Und Finn, du hättest ruhig mal an Rick denken können.«

Ich ging gar nicht auf sie ein. »Das passt echt zu dir. Total!«, stieß ich verächtlich hervor.

Finn schwieg völlig ungerührt.

Wutz schüttelte den Kopf und Pa stöhnte ziemlich verzweifelt auf.

Nur Mary wollte sich anscheinend auf keinen Fall ihren Versöhnungsschmaus verderben lassen und klatschte betont heiter in die Hände. »Lasst uns erst einmal essen, ihr Lieben!«, rief sie fröhlich. »Dann können wir immer noch überlegen …«

»Mit dem setze ich mich nicht an einen Tisch!«, erklärte ich.

»Nicht Tisch!«, wagte die Obernull tatsächlich mich zu verbessern. »Tresen!«

»Und mein Zimmer betritt der auch nie wieder! Sonst …«

Pa fiel mir ins Wort. »Rick, jetzt übertreibst du aber.«

Ihr könnt mich alle mal!, dachte ich und ging ohne ein weiteres Wort in mein Zimmer. Dort packte ich meine Badesachen und stürmte zur Wohnungstür.

»Rick«, hielt Wutz mich zurück. »Vielleicht täuschst du dich.«

Ich drehte mich langsam zu ihm um. »Was meinst du damit?«

»Dass du nicht überreagieren solltest. Könnte nämlich sein, dass du dir dann am Ende ziemlich blöd vorkommst.«

»Ich übertreibe nicht, Wutz. Und ich will nie wieder in meinem ganzen Leben etwas mit diesem Violinenhansel zu tun haben. Der ist für mich gestorben!«

Wutz wollte noch was sagen, aber ich zog einfach die Tür hinter mir zu. Das Thema Finn war für mich erledigt. Bis in alle Ewigkeit! Und noch ein bisschen länger.

12

JETZT ZEIGE ICH DIR ERST MAL, WAS EIN KÖPPER IST!
HALT MAL!
HA HA HA HA HA HA HA HA HA HA HA HA HA HA
M... MEGAKRASSE AFFENKACKE!

Nelly stand neben dem Haupteingang und lächelte mir entgegen. Mein Herz vollführte einen dreifachen Flickflack.

»Hi, Rick. Schön, dass du gekommen bist.«

»Äh ... ja ... cool«, stammelte ich kindisch herum.

Nelly lächelte noch ein wenig breiter. »Wollen wir reingehen?«

Ich nickte.

Drinnen wurde es noch schlimmer. Gleich am Anfang der Liegewiese hatten es sich Vladi, Tobi, Sandro, Carlos und Elias gemütlich gemacht.

Als sie Nelly und mich sahen, brüllte Elias gleich prollmäßig los: »Ey, seid ihr jetzt etwa zusammen?«

Der hatte die Sache mit dem Sitzenbleiben anscheinend noch immer nicht verdaut. Ich streckte ihm den Mittelfinger entgegen und senkte dann schnell den Kopf, weil ich schon wieder glühte wie eine Signallampe.

Elias lachte. »Hammer, jetzt haben wir 'ne astreine Lovestory im Verein.«

Ich wollte mich schon auf ihn stürzen und ihm sein blödes Grinsen aus dem Gesicht prügeln, aber Nelly kam mir zuvor.

»Ach, Elias, du hast wohl zu viel *Anna und die Liebe* geglotzt und bist jetzt selbst voll im Liebesrausch, dass du so einen Schwachsinn von dir gibst.«

Elias wurde kalkweiß. »Quatsch, so was gucke ich doch überhaupt nicht«, murmelte er.

Nelly grinste wissend. »Und warum hängt in deinem Zimmer ein riesiges Poster von Jeanette Biedermann? Und warum gibst du dem jeden Abend ein Gutenachtküsschen?«

»Blödsinn!«, regte Elias sich auf.

»Nix Blödsinn. Deine Schwester hat es mir erzählt. Die arme Jeanette ist um den Mund schon ganz abgerubbelt.«

Die anderen brachen in wildes Gelächter aus. Vladi klopfte Elias kräftig auf den Rücken und johlte: »Hey, Elias, ist die nicht viel zu alt für dich? Was sagen denn deine Eltern dazu?«

Elias presste die Lippen fest aufeinander und schwieg.

Ich warf Nelly unauffällig einen bewundernden Blick zu. Okay, *ich dachte,* er wäre unauffällig. War er aber nicht, denn Nelly schaute prompt zurück und zwinkerte mir lächelnd zu. Und schon wieder spielten die Eingeweide in meinem Bauch verrückt. Verdammte Affenkacke!

Später gingen wir alle zusammen ins Wasser. Vladi, Tobi, Carlos, Sandro und ich machten einen Arschbombenwettbewerb vom Dreier, während Elias noch immer leicht eingeschnappt ein paar Runden durchs Nichtschwimmerbecken drehte, um seinen Frust an den armen Grundschülern auszulassen.

Nelly hatte eine Freundin getroffen. Zusammen hockten sie am Beckenrand und mimten unsere Arschbombenjury.

Alles war cool. Richtig, richtig cool. Ich machte mich kein bisschen zum Obertrottel von Deutschland. Und an Finn, die Verräterlusche, verschwendete ich nicht einen Gedanken. Null.

Gegen sechs musste Nelly nach Hause. Ich wäre gern mitgekommen, hatte aber keinen Bock auf neue Sprüche von Elias. Nelly schaute mich ziemlich traurig an. Ich fühlte mich mies. Und auch irgendwie feige. Dennoch machte ich keine Anstalten ihr zu folgen.

Zehn Minuten später packte dann auch ich meine Klamotten zusammen. Elias hatte sich so weit gefangen, dass er wieder Sprüche reißen konnte. »Beeil dich, Rickibaby, Nelly wartet bestimmt schon an der Ecke.«

Ich machte fiese Knutschgeräusche und säuselte: »Grüß Jeanette von mir.«

Das hatte gesessen. Elias klappte sofort den Mund zu und schielte verlegen zur Seite.

»Wo warst du? Wir haben uns Sorgen gemacht«, begrüßte Pa mich zu Hause.

Ich schaute ihn giftig an. »Hat Finn schon mein Zimmer geräumt?«

Pa stöhnte kummervoll. »Nein. Er wollte, aber ich habe gesagt, dass ich das mit dir kläre.«

»Vergiss es. Entweder ich oder er. Du musst dich entscheiden.«

»Jetzt übertreibst du aber wirklich.«

Ich schnaufte wütend. »Ich oder er?!«

Pa sah ziemlich betroffen aus. Dennoch schüttelte er den Kopf. »So nicht.«

Okay, dann eben anders. Mit finsterer Miene marschierte ich in die Küche.

Linda hatte den Tresen gedeckt. Wutz saß schon auf einem der Hocker. Direkt neben ihm die Verräterratte. Mary lächelte unsicher und Linda tat mal wieder so, als ob alles in harmonischer Butter wäre.

Der Einzige, der das verlogene Spiel auch nicht mitmachen wollte, war Gismo. Er saß aufrecht in seinem Körbchen und ließ die angeblich so cool gewordene Helena nicht aus den Kateraugen.

Ich setzte mich seitlich an den Tresen und wartete darauf, dass mein Vater die Küche betrat. Dann wollte ich loslegen, aber Linda kam mir zuvor.

»Rick, du hast da was völlig missverstanden.« Sie lächelte mich sanft an. Ich lächelte nicht zurück. »Es wäre schön, wenn wir das jetzt mal ganz in Ruhe klären könnten. Wäre das okay für dich?«, fragte sie mich flehend.

Ich schüttelte den Kopf. »Warum? Ist doch alles paletti. Finn soll bloß aus meinem Dunstkreis verschwinden.« Ich hatte ganz ruhig gesprochen. Fast freundlich.

Pa, der nun auch endlich aufgetaucht war, schien es dennoch nicht in den Kram zu passen. Er donnerte so kräftig mit der geballten Faust auf die Tresenplatte, dass Gismo hochschoss und erschrocken miaute. Darauf hatte Helena anscheinend nur gewartet. Als ob ihr einer in den breiten Bulldoggenhintern gekniffen hätte, stürzte sie sich todesmutig auf Wutz' Kater. Von wegen Trauma überwunden! Gismo wiederum war von dem Blitzangriff so geschockt, dass er mit einem Satz auf dem Tresen landete. Genau in Lindas vegetarischer Lasagne!

Ich prustete los. Aber niemand lachte mit. Mary versuchte Helena zu beruhigen. Wutz hob fluchend seinen verschmierten Kater aus der Gemüsepampe und tupfte ihn notdürftig mit Küchentüchern ab. Linda trug schniefend den Rest ihrer Mahlzeit zum Mülleimer und Pa schaute ihr schuldbewusst dabei zu.

»Das habe ich nicht gewollt«, murmelte er. Und an mich gewandt, nur wesentlich lauter und kein bisschen schuldbewusst, setzte er hinzu: »Geh in dein Zimmer! Sofort!«

Ich zuckte gleichgültig mit den Schultern und verließ die Küche. Okay, ganz so cool, wie ich tat, war ich nicht. Mein Herz dröhnte wie eine Pauke und tief in mir drin pikste so ein kleiner fieser Stachel aus schlechtem Gewissen.

Später ging meine Tür auf.

»Linda und Finn packen gleich«, sagte Wutz.

Yeah!

Ich strahlte ihn an. »Das ist ja super. Endlich mal gute Nachrichten.«

Ich war eigentlich fest davon überzeugt, dass Wutz ebenso erleichtert darüber war, aber sein Gesicht sah kein bisschen danach aus. »Du machst einen Fehler, Kumpel. Glaub mir. Du täuschst dich.«

»In wem?«, fragte ich misstrauisch.

Wutz seufzte tief. »Das habe ich dir vorhin schon gesagt. Denk mal darüber nach.« Damit verließ er mein Zimmer.

Momente später kam Finn und packte schweigend seine Klamotten zusammen.

»Tschau«, murmelte er beim Rausgehen. Ich sagte nichts. Auch nicht, als Pa kurze Zeit später vor mir stand.

»Linda und Finn sind weg. Bist du jetzt zufrieden?« Er hatte das nicht vorwurfsvoll gesagt. Eher traurig.

Mierda, schon wieder spürte ich diesen fiesen Schlechtes-Gewissen-Stachel. Aber was konnte ich denn dafür, dass die gleich ihre Koffer packten? Ich hatte nur verlangt, dass Verräter-Finn aus meinem Zimmer verschwand. Deswegen hätten Pa und Linda sich ja nicht trennen müssen.

»Ich habe nicht gesagt, dass du gleich mit Linda Schluss machen sollst«, stellte ich klar.

Pa schaute mich erstaunt an. »Wie kommst du denn darauf? Wir haben uns nicht getrennt. Linda und Finn sind nur für ein paar Tage in ihre Wohnung zurück. Bis hier wieder bessere Stimmung herrscht und du dich eingekriegt hast.«

Hä? Ich sollte mich einkriegen? Das wurde ja immer besser.

Am nächsten Morgen mailte ich meinen Wochenbericht an Chrissy. Er antwortete sofort und fand Finns miese Eishockeyaktion auch voll daneben.

Auf Chrissy war wenigstens Verlass. Er verstand mich, egal, was passierte. Ich überlegte kurz, ob ich ihm auch von Nelly schreiben sollte. Nur was? Was sollte ich schreiben? Dass ich in sie … ähm, nee, das war ja wohl nur peinlich.

Den Rest des Vormittags verbrachte ich damit Pa aus dem Weg zu gehen, bis er sich endlich zu Linda verzog.

Mary hatte beschlossen die Woche über zu ihrer Freundin Inge nach Hamburg zu fahren. Gegen Nachmittag brachten Wutz und ich sie in seinem Dienstwagen zum Bahnhof.

Wutz schleppte ihren roten Koffer zum Bahnsteig und ich hielt Helena an der Leine. Als Mary sich schließlich von uns verabschiedete, ermahnte Wutz sie am Samstag ja pünktlich zurück zu sein und zwinkerte ihr zu.

»Aber ganz bestimmt, Wutzilein. Dieses Schauspiel werde ich mir doch nicht entgehen lassen«, erklärte sie ebenfalls augenzwinkernd.

»Wovon redet ihr?«, wollte ich wissen.

Aber die beiden ignorierten mich einfach.

Mary verschwand im Zug und Wutz marschierte Richtung Ernst-August-Platz zu seinem Auto. Ich trabte nebenher. »Welches Schauspiel? Was hat Mary damit gemeint?«

Doch Wutz ging gar nicht darauf ein. »Ich setze dich nur schnell zu Hause ab und muss dann noch mal aufs Präsidium. Hast du deinen Schlüssel dabei?«

Ich nickte verdattert.

In der WG war es ruhig. Unglaublich ruhig. Noch nicht mal Gismo gab seine üblichen Schnarch- und Furzgeräusche von sich. Ich schlenderte von Zimmer zu Zimmer und kam mir plötzlich irgendwie komisch vor – so einsam.

Seitdem erst Mary und Helena und dann Linda und Finn in die WG eingezogen waren, hatte ich nicht einen Moment für mich allein gehabt. Ständig hatte ich mich aufs Klo verdrücken müssen, um meine Ruhe zu haben. Und jetzt, wo weit und breit keiner von den Verrückten zu sehen oder zu hören war, da kam ich mir plötzlich verloren vor.

Ach, Unsinn, du hast wohl 'ne Vollschacke, Rick Michalski! Sei froh, dass die alle weg sind. Ganz besonders Finn, dieser Oberbesserwisserverräterblödmann, sagte ich mir.

Ich rannte in mein Zimmer und drehte meine Anlage bis zum Anschlag auf. Dann ging ich in die Küche. Im Kühlschrank fand ich eine kleine Flasche Cola und im Schrank darüber entdeckte ich sogar noch eine volle Tüte Chips. Ich schlurfte damit ins Billardzimmer, zog meinen Queue aus dem Ständer an der Wand und spielte eine Runde gegen mich selbst.

Nach jedem Stoß trank ich einen Schluck Cola und stopfte mir eine Handvoll Chips in den Mund. Zwischendurch tanzte ich ein bisschen um den Billardtisch herum.

Echt cool, tun und lassen zu können, was man will, fand ich.

Irgendwann war die Flasche leer und mir von den vielen Chips schlecht. Allein Billard spielen machte eigentlich auch keinen Spaß und die Musik war selbst für meine vom Eishockeylärm abgehärteten Ohren einen Tick zu laut. Ich ging in mein Zimmer und schaltete die Anlage aus.

Und schon war es wieder still. Ich war allein. In meinem Zimmer, in der WG, im ganzen weiten Universum.

Mierda!

13

FLÜSTER
WISPER
TUSCHEL
?
!
FLÜSTER
FLÜSTER
PSST!
PÖÖH! DIE GLAUBEN WOHL, MICH INTERESSIERT, WAS DIE DA QUATSCHEN!
INTERESSIERT MICH NULL!
FLÜSTER FLÜSTER FLÜSTER
NULL KOMMA NULL NULL UND NULLZIG!!!

Der Rest der Welt hatte also beschlossen blöd zu mir zu sein. Pa war immer noch stinkig wegen der Sache mit Finn und Linda. Und Wutz wiederholte ständig, dass ich mich schwer täuschen würde. Man konnte echt meinen, er hätte die Replay-Taste von der Anlage verschluckt.

Ich zählte innerlich die Tage bis Samstag, wenn Mary und Helena endlich zurückkamen.

Okay, ich geb's zu, ein kleines Fitzelchen von mir beschäftigte sich auch damit, ob ich nicht ein bisschen zu heftig reagiert hatte. Vielleicht war Finn echt nicht klar gewesen, dass es das Allergrößte für mich wäre, auf der Ehrentribüne der deutschen Eishockeynationalmannschaft sitzen zu dürfen. Konnte sein. Aber zu den anderen hatte er schließlich gesagt, dass ihm das egal war. Nein, Finn war 'ne Verräterlusche. Der war es echt nicht wert, dass ich seinetwegen so etwas wie ein schlechtes Gewissen empfand.

Nelly hatte zweimal angerufen. Aber nicht, weil sie sich mit mir treffen wollte, sondern nur so zum Quatschen. Auch sie war irgendwie komisch, druckste herum und machte eigenartige Andeutungen.

Samstagmittag war die Stimmung in der WG dann plötzlich wie ausgewechselt. Pa hantierte pfeifend in der Küche herum, während Wutz sich ebenso vergnügt auf den Weg zum Bahnhof machte, um Mary und Helena abzuholen.

»Ich komme mit«, sagte ich und war schon an der Wohnungstür.

Wutz schüttelte den Kopf. »Nee, Kumpel. Pack du lieber deine Eishockeysachen. Wenn ich zurück bin, fahren wir zum Pferdeturm.«

Hä?

»Ähm, Wutz, das Stadion ist geschlossen. Hast du vergessen, dass das Eis abgetaut ist?«

Wutz grinste breit und schwieg.

Pa kam aus der Küche und grinste ebenso meschugge. »Hör auf deinen Ziehvater, Rick«, witzelte er.

Ich fand's kein bisschen lustig. Überhaupt nicht!

»Was ist denn plötzlich los?«, regte ich mich auf. »Erst redet ihr nicht mit mir und jetzt benehmt ihr euch voll albern.«

Pa hielt Wutz die Hand hin und der schlug klatschend ein. Dann zog er einfach ab. Ohne ein weiteres Wort. Und ohne mich.

Seufzend ging ich zurück in mein Zimmer. Kaum hatte ich mich in meinen Baseballhandschuhsessel plumpsen lassen, klingelte das Telefon. Ich sprintete ins Billardzimmer. Aber Pa war schneller und bedeutete mir, dass ich mich wieder in mein Zimmer verziehen sollte. Kichernd flüsterte er etwas in den Hörer.

Ich dachte natürlich gar nicht daran mich zu verziehen. Deshalb verschwand mein Vater mitsamt Telefon im Badezimmer.

Einigermaßen fassungslos starrte ich die Klotür an, bis sie sich wenig später wieder öffnete und mein Vater bananenbreit grinsend herauskam.

»Rick, warum stehst du hier so herum? Hast du nichts zu tun?«

»Mit wem hast du telefoniert? Und warum schließt du dich im Klo ein?«, hielt ich dagegen.

Pa überhörte meine Fragen. »Hast du schon deine Sachen gepackt?«, wollte er stattdessen wissen.

»Das ist doch Blödsinn«, maulte ich. »Das Stadion ist zu. Was soll ich da?«

Bevor Pa antworten konnte, klingelte wieder das Telefon und er verzog sich ein zweites Mal ins Bad.

Jetzt wurde es mir endgültig zu bunt! Ich stampfte wütend in mein Zimmer und knallte mit Karacho die Tür hinter mir zu. Dort blieb ich, bis es klopfte und sich Marys knallroter Wuschelkopf ins Zimmer schob.

»Rick, warum bist du noch nicht fertig? Wir sind spät dran.« Ihre Stimme klang vorwurfsvoll und ein wenig hektisch. »Der Zug hatte mal wieder Verspätung.«

Ich schüttelte den Kopf, hob die Hände und ließ sie dann wieder sinken. Eigentlich wollte ich auch was sagen. Nur was?

»Nun komm schon«, drängte Mary und war im nächsten Moment wieder verschwunden.

Okay, was auch immer meine durchgeknallte Familie im Schilde führt, ich werde es wohl nicht erfahren, wenn ich hier sitzenbleibe, wurde mir klar.

Also rappelte ich mich hoch, kramte laut stöhnend meine Eishockeyausrüstung aus der Abstellkammer hervor und stellte mich damit neben die Wohnungstür.

Dort blieb ich stehen, während ich Pa, Wutz und meiner Oma dabei zusah, wie sie angespannt durch die Wohnung flitzten.

Irgendwann saßen wir schließlich in Wutz' Auto und fuhren Richtung Eisstadion. An der Kreuzung kurz vorm Pferdeturm kramte Mary plötzlich ein blaues Tuch aus ihrer Tasche hervor.

»Dreh dich um, Rick«, forderte sie mich auf.

»WAS?«

»Nun stell dich nicht so an. Ich möchte dir nur die Augen verbinden.«

»Spinnst du?!«

Pa kicherte albern und Mary verzog empört den Mund. »Na hör mal! So redet man doch nicht mit seiner Großmutter.«

Tolle Großmutter, die ihrem ahnungslosen Enkel im Auto die Augen verbinden will.

»Nun mach schon, Kumpel«, mischte sich Wutz ein. »Es ist eine Überraschung.«

»Jetzt verrat ihm doch nichts«, meinte Pa.

Wutz schnalzte mit der Zunge. »Mach ich ja gar nicht. Aber es ist doch wohl logisch, dass er sich wundert, wenn wir ihm die Augen verbinden wollen. Oder?!«

Pa brummte etwas Unverständliches und ich fragte mich wirklich, warum ich bisher nicht bemerkt hatte, dass die drei nicht nur total irre, sondern auch irgendwie gemeingefährlich waren.

»Das mach ich nicht mit!«, erklärte ich entschlossen.

»Dann können wir nicht weiterfahren«, erwiderte Wutz und trat tatsächlich nicht aufs Gaspedal, als die Ampel Sekunden später auf Grün umsprang. Hinter uns setzte augenblicklich ein wildes Hupkonzert ein, das Wutz völlig gelassen ignorierte.

Als ein wütender Autofahrer neben Wutz' Seitenscheibe auftauchte und ihn anbrüllte, ob er an der Ampel Wurzeln schlagen wolle, rief ich: »Ist ja schon gut!«, und drehte Mary den Rücken zu.

Wutz fuhr los, Mary verband mir die Augen und ich wünschte mir auf der Stelle eine andere Familie.

Ich war den Weg vom Parkplatz zu den Umkleidekabinen im Eisstadion so oft gegangen, dass ich ihn vermutlich selbst mit verbundenen Augen hätte meistern können. Trotzdem führte Mary mich, während Wutz meine große Sporttasche und meinen Schläger trug. Pa war verschwunden. Okay, das konnte ich zwar nicht sehen, weil meine Augen ja verbunden waren, aber ich konnte ihn auch nicht mehr hören.

In der Umkleidekabine durfte ich kurz die Binde abnehmen. Neugierig schaute ich mich um. Aber da war nichts. Außer Mary und Wutz natürlich, die mich beide erwartungsvoll anstarrten.

»Zieh deine Eishockeyausrüstung an«, forderte Wutz mich auf. Seine Stimme war vor Aufregung ganz rau.

Langsam, aber sicher überfiel mich leichte Panik. »Hört endlich auf damit«, flehte ich. »Das ist doch irgendwie voll …«

Weiter kam ich nicht, weil Wutz mir ins Wort fiel. »Quatsch nicht, zieh deine Klamotten an«, sagte er und tippte auf seine Uhr.

»Und dann?«

Wutz schüttelte den Kopf. »Wird nicht verraten!«

Okay, das hatte ich inzwischen begriffen. Aber das war's dann auch schon mit meinem Durchblick – obwohl … Plötzlich fiel es mir wie Schuppen von den Augen. Vielleicht hatte das Ganze hier mit Chrissy zu tun? Genau. Chrissy war dafür verantwortlich. In meinen letzten Mails hatte ich ständig rumgejammert, dass mein Leben total verkorkst sei. Deswegen war er nach Hannover gekommen und wollte mich nun überraschen. Mich aufmuntern oder so was.

Ach Quatsch, dachte ich im selben Moment. Chrissy ist zwar ein verrückter Kerl, aber hiermit hat er bestimmt nichts zu tun. Tja, *womit* eigentlich?

Verdammt, ich stand wirklich voll auf dem Schlauch. Null, null, obernull Plan.

Dennoch beschloss ich einfach mitzuspielen – wobei auch immer. Schnell schlüpfte ich in meine Eishockeymontur und grinste Mary an. »Du willst mir bestimmt wieder die Augen verbinden, oder?«

Mary nickte. »Genau. Braver Junge«, sagte sie und machte sich an die Arbeit.

»Bist du bereit, Rick?«, fragte Wutz.

Ich nickte und er fasste mich am Arm. Vorsichtig führte er mich aus der Kabine hinaus.

Im Gang schlug mir kühle Luft entgegen. Komisch … das Eis im Stadion war doch noch für mindestens drei Wochen abgetaut? Aber mir blieb keine Zeit, darüber nachzudenken, weil ich mit einem Mal ein leises Stimmengewirr vernahm.

WAS WAR HIER LOS?

Ich stakste weiter. Eindeutig Richtung Eis.

Das konnte nicht sein. Da war kein Eis. Noch nicht. Unmöglich.

Aber die Luft riecht hundertprozentig danach, war das Letzte, was ich dachte, bevor ich das Stadion betrat und ein Trommelwirbel einsetzte. Dann löste Mary meine Augenbinde und mir blieb die Spucke weg.

14

SPINNT IHR?
WAS SOLL DAS?
WAS GEHT HIER AB?
ÜBERRASCHUNG!
HA... HAMMER-KRASS!

»Alter Falter, was geht denn hier ab?«, murmelte ich.

Das Stadion war bis auf den letzten Platz gefüllt. Überall sah ich jubelnde und grölende Menschen.

Mary wuschelte mir durchs Haar und reichte mir meinen Helm. Ich lächelte sie verunsichert an und starrte dann wie gebannt auf die Szene, die sich direkt vor meinen Augen auf dem Eis abspielte. Dort stand das erste Team der Hannover Indians, umgeben von einem Feuerwerk aus Trommeln und zuckenden Lichtern.

Ich schaute nach rechts zu unserer Bank und entdeckte die *Young Indians* – mein Team.

Wow! Ich bekam eine Gänsehaut.

Nelly winkte mir zu. Sandro und Carlos streckten die Daumen nach oben und grinsten breit. Ich hob kurz die Hand und wollte mich zu ihnen setzen. Da ertönte die Stimme des Stadionsprechers: »Meine verehrten Damen und Herren, ich darf Sie herzlich zu dem heutigen Spiel der Hannover Indians gegen eine Auswahl der deutschen Eishockeynationalmannschaft begrüßen!«

Tosender Applaus brach aus und ich bekam den Mund nicht mehr zu.

Die deutsche Eishockeynationalmannschaft? Ich musste mich verhört haben. Das war doch völlig un…

Und schon liefen sie ein. Allen voran Felix Schütz. Ich erkannte Endras, Köttsdorfer, Tripp, Petermann und noch ein paar andere Spieler und machte mir vor Aufregung fast in die Hose.

DER ABSOLUTE OBERHAMMER! Die deutsche Nationalmannschaft!!

Das letzte Mal hatte ich sie an Bord der *Fantastic Magda* gesehen und mich nicht mal getraut nach einem Autogramm zu fragen. Und jetzt standen sie auf dem Eis. Direkt vor mir. Am Pferdeturm. In unserem Stadion.

Okay, in diesem Moment wurde mir natürlich endgültig klar, dass Chrissy auf keinen Fall hinter dieser Aktion stecken konnte. Aber was um alles in der Welt hatte das Ganze mit *mir* zu tun? Warum hatten Pa, Wutz und Mary so ein Geheimnis daraus gemacht?

Sekunden später sollte ich es erfahren. Zumindest teilweise.

»Unterstützung bekommt unser Team von den *Young Indians*. Allen voran Rick Michalski im Sturm«, verkündete der Stadionsprecher und Wutz kloppte mir wie verrückt auf den Rücken.

»Na, Rick, ist das 'ne Überraschung?«, lachte er begeistert.

Ich konnte nichts sagen. Ich konnte mich noch nicht einmal freuen. Mein Gesicht war wie eingefroren. Mein Körper komplett gelähmt.

»Rick, ab aufs Eis. Nelly, Sandro und Tobi, ihr auch!«, rief Johann, unser Trainer, uns zu.

»Nur wir vier?«, fragte Tobi leicht panisch.

Johann schüttelte den Kopf. »Natürlich nicht. Das haben wir doch alles schon besprochen. Immer drei der Profis und vier von euch. Also, auf geht's.«

»Aber das ist einer zu viel«, stellte Sandro fest.

Johann raufte sich die Haare. »Na klar. Ihr spielt ja auch gegen die Nationalmannschaft. Capito?!«

Wir sprangen über die Bande, stürmten übers Eis und nahmen sofort Aufstellung zum Bully im Mittelkreis.

Der Schiedsrichter pfiff und ließ den Puck fallen. Und dann ging es auch schon los: Nelly bekam die Scheibe vor den Schläger und donnerte sie zu Garten, dem Angreifer der Hannover Indians, der sie direkt vors Tor trieb. Doch der Verteidiger des Nationalteams zerstörte gnadenlos unseren Angriff. Er stürmte Richtung Tor davon, holte aus und wuuums! Aber an Thomas Ower, dem genialen Torhüter der Indians, war kein Vorbeikommen.

Das Publikum jubelte.

Ower donnerte den Puck zurück aufs Feld, direkt vor meinen Schläger.

Ich trieb die Scheibe nach vorn, Nelly und Garten zogen links und rechts mit mir gleich. Dann skatete ich mich an die Spitze vor, während die beiden mir den Rücken freihielten. Ich passte zu Garten. Der dankte es mir, indem er den Puck mit einem steinharten Hammerschuss im Netz des Nationalteams versenkte.

Wow! 1:0 für die Indians!

So ein Tag, so wunderschön wie heute, dröhnte es aus den Boxen, und ich hätte am liebsten geflennt vor Glück.

Johann holte uns vom Eis und schickte dafür die zweite Reihe raus. Ich ließ mich direkt neben Nelly auf die Bank plumpsen. Sie strahlte mich unter ihrem Gesichtsschutz an. »Das ist der Wahnsinn. Ich bin total aus dem Häuschen. Dafür könnte ich Finn glatt küssen.«

Finn! Irgendwo ganz, ganz tief in mir drin hatte ich geahnt, dass Mister Oberverräter höchstpersönlich etwas mit dieser genialen Sache zu tun haben könnte. Doch das war so absurd, dass ich es nicht glauben konnte. Und auch nicht wollte – nein, es war einfach zu verrückt …

Ich musste wohl ziemlich bekloppt aus der Wäsche geglotzt haben, denn Nelly legte mir beruhigend die Hand auf den Arm. »Keine Angst, das mache ich natürlich nicht.«

Bevor ich sie weiter mit Fragen löchern konnte, fiel ein Tor für das Nationalteam und Johann scheuchte uns wieder aufs Eis.

Während ich über die Bande jumpte, drehte ich mich zur Tribüne um. Es war nur ein flüchtiger Blick, bevor ich dem Puck hinterherjagte. Aber er hatte ausgereicht, um Finn neben Pa und Linda in der Menschenmenge zu entdecken.

Am Ende verloren wir haushoch. Aber wirklich enttäuscht war deswegen keiner von uns. Noch nicht einmal die Profis. Dafür war das Spiel zu genial gewesen. Ein unvergessliches Erlebnis.

Anschließend ließen wir uns von sämtlichen Nationalspielern Autogramme geben und uns mit ihnen fotografieren.

Meine Vereinskameraden konnten ihr Glück kaum fassen. Mir ging's genauso. Obwohl ich jetzt langsam doch gern gewusst hätte, ob tatsächlich Finn hinter der ganzen

Sache steckte. Aber egal, wen von den Indians ich dazu befragte, alle wichen mir aus. Nur Nelly meinte: »Topsecret, Rick. Meine Lippen sind versiegelt.«

Hä? Topsecret war doch eigentlich immer Wutz' Ding?! Lag ich mit meiner Vermutung also doch daneben?

Als sich das Team kurze Zeit später von uns verabschiedete, erlebte ich den nächsten Knüller des Tages, ach, was sage ich, den Knüller meines Lebens! John Tripp, einer der Angreifer des Nationalteams, lud mich, meine Familie und meine Vereinskameraden zum nächsten Heimspiel der Nationalmannschaft gegen Kanada ein.

Ich war sprachlos. Na ja, fast.

»Warum ich?«, brachte ich noch gerade so heraus.

Er hob grinsend die Schultern. »Das lass dir mal schön von deinem Bruder erklären«, sagte er, hob die Hand und war verschwunden.

Bruder? Ich hatte keinen Bruder! Oder doch?

Mann, war ich durch den Wind.

Zu Hause machte Mary mir lächelnd die Tür auf. Sie war total aufgeregt. »Rick, Rick, war das ein tolles Erlebnis?!«

Ich nickte mechanisch und Mary plapperte hektisch weiter: »Schade, dass ich nicht bis zum Schluss bleiben konnte. Ich hätte wirklich gern dein Gesicht gesehen, als …« Sie schlug sich die Hand vor den Mund, so als hätte sie sich verplappert.

»Tja«, fuhr sie schließlich fort, »aber ich hatte ja versprochen zu kochen. Kommen die anderen auch gleich?«

»Mary«, sagte ich ernst und umfasste mit beiden Händen ihre Oberarme, damit sie nicht länger wie ein aufgescheuchtes Huhn vor mir herumsprang. »Ich versteh nur Bahnhof. Und Pa und Wutz wollen auch nicht mit der Sprache rausrücken. Verrate mir bitte, wie das alles zu Stande gekommen ist. Hat Finn was damit zu tun?«

Mary grinste geheimnisvoll. »Da musst du dich wohl noch ein bisschen gedulden.«

Ich schüttelte den Kopf und Mary befreite sich aus meinem Griff. »Du kannst schon mal den Tisch decken. Zur Feier des Tages essen wir im Billardzimmer. Los, husch, husch!«, sagte sie und verschwand Richtung Küche.

Nach und nach trudelten die anderen in der WG ein. – Auch Linda. Sie umarmte mich und spitzte gefährlich die Lippen. Doch bevor sie mir einen fiesen Knutscher aufdrücken konnte, hüpfte ich erschrocken zur Seite.

»Ach, Rick, sei doch nicht so«, kicherte sie und knutschte stattdessen Pa. Der machte Herzchenaugen und säuselte verliebten Schwachsinn.

Okay, alles wie gehabt, stellte ich – komischerweise erleichtert – fest. Obwohl, nicht ganz, Finn fehlte.

Mary klatschte in die Hände. »Setzen! Essen ist fertig!«

Artig folgte ich ihrer Aufforderung und blickte dann von einem zum anderen – gespannt wie ein Flitzebogen.

»Wo ist Finn?«, fragte ich schließlich.

Linda zog die Augenbrauen bis zum Haaransatz hoch. »Warum interessiert dich das?«

Blöde Frage. Weil … tja, warum eigentlich?

»Nur so«, murmelte ich und lief tomatenrot an.

Da kam Gismo ins Zimmer geschlendert und ließ im Vorbeigehen ordentlich einen fahren.

Mary warf Wutz einen bösen Blick zu, weil Helena nicht aus dem Gästezimmer durfte. Und zwar solange irgendwelche Lebensmittel in der Nähe waren, in die der arme Gismo springen konnte, jetzt da Helena ihr neues Bulldoggen-Ich entdeckt hatte. Wutz hatte diese WG-Regel erst heute Morgen aufgestellt.

Es war wirklich alles wie immer.

»Was ist denn jetzt mit Finn?«

Pa kniff die Augen zusammen. »Er wollte nicht kommen.«

»Und warum nicht?«

»Hallo? Rick, geht's noch?«, rief Wutz quer über den Tisch. »Du hast doch selbst gesagt, dass er aus deinem *Dunstkreis* verschwinden soll.« Seine Stimme hörte sich gewaltig nach Vorwurf an.

Pa setzte noch einen hinterher: »Du bist voll drauf reingefallen, Rick.«

»Worauf?«

»Am Telefon neulich haben wir nur so getan«, erklärte Linda. »Wir wollten dich ein bisschen ärgern und natürlich solltest du auf keinen Fall im Vorfeld etwas von dem Spiel mitbekommen. Aber dann warst du gleich so sauer … Trotzdem wollte Finn dich unbedingt richtig überraschen und alle haben dichtgehalten.«

Heiliger Katerfurz! Hatte ich also Recht gehabt mit meiner Vermutung! Aber wie war das möglich? Ein Elfjähriger konnte sich doch nicht einfach wünschen, dass mal eben die Nationalmannschaft aufkreuzt.

»Und das Eis?«, fragte ich reichlich plemplem.

Wutz verstand mich trotzdem. »Der Verein war natürlich begeistert. Ich meine, wann hat man schon mal die Nationalmannschaft am Pferdeturm? Sie haben sich sofort bereit erklärt die Saison drei Wochen früher als geplant zu eröffnen.«

Ich schluckte schwer. Dann stand ich auf und sah zu, dass ich aus der Wohnung kam. Mit fiesem schlechtem Gewissen. Und Chaos in der Birne.

Mary kam mir ins Treppenhaus hinterhergestürmt und hielt mich fest. »Falls du Finn suchst, läufst du am besten zum Maschsee. Du weißt schon, wo.« Sie wuschelte mir lächelnd durchs Haar – und ich rannte los.

Mir war natürlich klar, was Mary damit gemeint hatte. Sie sprach von meinem Platz, der grünen Metallbank, zu der ich immer lief, wenn ich mal in Ruhe nachdenken musste. Oder, wie in diesem Fall, um mich bei jemandem zu entschuldigen.

Tatsächlich war meine Bank besetzt. Ein schmaler Junge mit schwarzen Haaren, aalglatt zur Seite gekämmt wie bei einer Oberstreberbacke, saß dort und starrte aufs Wasser. Seine Haut war mehlweiß, so als ob sie noch nie die Sonne gesehen hätte.

Ich ließ mich neben ihn auf die Bank plumpsen. »Ähm, danke … und … ey, sorry«, murmelte ich.

Finn sagte nichts. Hob nur kurz die Hand und ließ sie gleich wieder auf seinen Oberschenkel plumpsen.

»Wie hast du das nur hinbekommen?«

Er schaute mich einen Moment an, seine hellen Augen funkelten, dann starrte er wieder aufs Wasser.

»Denkst du, ich lasse mich mit ein paar Freikarten abspeisen?« Seine Stimme klang so, als wäre es ganz normal von der deutschen Eishockeynationalmannschaft zu verlangen, dass sie vorbeikam und gegen einen in der eigenen Vereinshalle antrat.

Doch das war es nicht. Das war es verdammt noch mal kein bisschen.

»Aber wie …« Ich suchte verzweifelt nach den richtigen Worten. »Warum?«

Finn holte tief Luft. »Weil ich dir beweisen wollte, dass ich auch cool sein kann. Und dass ich nicht *nur* eine blasse, langweilige Oberstreberbacke bin.«

Oje, er hatte mich echt durchschaut.

»Denn das bin ich nicht. Kein bisschen«, redete er weiter. »Ich weiß sogar, woher Wutz seine Platzwunde hat und warum er bewusstlos in der Toilettenzelle lag.«

Okay, jetzt trägt er aber zu dick auf!, schoss es mir durch den Kopf.

»Da bin ich ja mal gespannt«, sagte ich leicht spöttisch.

»Wutz ist einfach nur ausgerutscht und mit dem Hinterkopf auf die Klobrille geknallt.«

Meine Augen wurden untertassengroß. »Quatsch. Ich glaub dir kein Wort.«

»Doch. So war es aber. Genauso wie du einfach nur mit dem Fuß in der Schüssel steckengeblieben bist.« Seine Mundwinkel zuckten.

»Und woher willst du das wissen?«

Jetzt lachte er. »Glaub's mir einfach.«

Ich starrte ihn an. Keine Ahnung, ob ich ihm das abnehmen konnte oder nicht. Ebenso wenig wusste ich, wie es nun weitergehen sollte.

Finn scheinbar schon, denn er hielt mir die Hand hin. »Freunde?«, fragte er und sah mich erwartungsvoll an.

Jetzt musste ich mich also entscheiden. Aber eigentlich hatte ich das ja längst.

»Na logo. Schließlich brauche ich doch jemanden, der mir hilft, wenn ich das nächste Mal in der Kloschüssel feststecke.«

Wir grinsten uns an und ich schlug laut klatschend ein.

Hier kommt Antboy!

Kenneth Bøgh Andersen
Antboy - Der Biss der Ameise
176 Seiten
Taschenbuch
ISBN 978-3-551-31390-4

Pelle Blöhmann, genannt Blödmann, hat's nicht leicht. Er sieht aus wie ein Apfel mit Armen, hat Segelohren und trägt eine Brille aus Glasbausteinen. Kurz gesagt, er ist das Lieblingsopfer der gemeinen Terrorzwillinge. Eines besonders miesen Tages beißt ihn eine Ameise, und damit ändert sich alles. Plötzlich ist Pelle superschnell, superstark und superflink – genau wie eine Ameise! Supermans Nachfolger ist geboren. Sein Name: Antboy.

CARLSEN

www.carlsen.de

Ein „schafes“ Roadmovie!

Christine Russell /
Christopher Russell
Die Schafgäääng, Band 1:
Im Auftrag des Widders
208 Seiten
Taschenbuch
ISBN 978-3-551-31321-8

Große Aufregung auf der Eppingham-Farm! Ein geheimnisvoller Gegenstand wird aus einem Heißluftballon geworfen und landet ausgerechnet auf Schaf Sallys Kopf! Den Schafen ist klar: Das ist ein Zeichen des großen Widders! Doch tatsächlich ist das glitzernde Etwas ein Handy, das zwei Gauner um jeden Preis zurückhaben wollen. Und so beginnt eine rasante Jagd per Hubschrauber, Eisenbahn und Traktor, in die nicht nur die ganze Schafherde, sondern auch deren Besitzer und ein Ufo-gläubiger Farmer verwickelt werden …

www.carlsen.de

CARLSEN